ESTA (NÃO) É APENAS
UMA CARTA DE AMOR

DAY LIMNS

COM A COLABORAÇÃO DE
ALESSANDRA PONOMARENCO JUSTO

ESTA (NÃO) É APENAS UMA CARTA DE AMOR

Faro Editorial

COPYRIGHT © FARO EDITORIAL, 2022

Todos os direitos reservados.
Nenhuma parte deste livro pode ser reproduzida sob quaisquer meios existentes sem autorização por escrito do editor.

Diretor editorial **PEDRO ALMEIDA**

Coordenação editorial **CARLA SACRATO**

Colaboração e edição de textos **ALESSANDRA PONOMARENCO JUSTO**

Ilustrações internas **TAKADA**

Revisão **DENISE SILVA ROCHA COSTA E THAIS ENTRIEL**

Capa e diagramação **OSMANE GARCIA FILHO**

Fotos de capa e internas **LANA PINHO**

Dados Internacionais de Catalogação na Publicação (CIP)
Jéssica de Oliveira Molinari CRB-8/9852

Limns, Day
    Esta (não) é apenas uma carta de amor / Day Limns. – São Paulo : Faro Editorial, 2022.
    144 p. : il., color.

    ISBN 978-65-5957-123-9

    1. Contos brasileiros I. Título

21-5701   CDD B869.93

Índice para catálogo sistemático:
1. Contos brasileiros

1ª edição brasileira: 2022
Direitos de edição em língua portuguesa, para o Brasil, adquiridos por FARO EDITORIAL

Avenida Andrômeda, 885 — Sala 310
Alphaville — Barueri — SP — Brasil
CEP: 06473-000
www.faroeditorial.com.br

SUMÁRIO

PREFÁCIO 13

CLUBE DOS SONHOS FRUSTRADOS 23
FUGITIVOS 33
INEVITÁVEL 39
INCONSEQUENTE 49
DILÚVIO 59
NÃO GOSTO DE MIM 73
ISSO NÃO É AMOR 93
FINAIS MENTEM 103
EFEITO COLATERAL 115
NÃO ME ENCONTRE 127

EPÍLOGO 135

Começo pedindo perdão a quem se encontrou em minha música, mas se perdeu em meu texto. Desculpe, mas tive que deixar o que há em mim fluir para expressar o meu big bang, a explosão que transformou a menina que eu era na mulher que sou. Naquela época, naquele tempo, tudo era tão diferente que, provavelmente, as palavras que pari pertencem mais à Day de antes do que à que surgiu pós-dilúvio, pós-pulo, pós-partida para a cidade. Ainda assim, peço que me leiam com o mesmo carinho com que ouvem minhas canções porque, aqui, também deixo minha alma escorrer. Por mais que minha voz, nestas páginas, possa parecer outra, sou a mesma: um antes e um depois perdidos no durante das curvas da espiral do eterno retorno, em contínuo devir.

Sei que esta não será uma leitura leve e que muitas referências poderão ser obscuras, mas parti do princípio pregado por Pessoa: todas as cartas de amor são ridículas — e a minha não poderia ser diferente, mesmo porque ela brotou de um buraco muito escuro em meu coração, que tive que escavar com muito esforço, revirando um dos túmulos mais trágicos de meu cemitério da memória. Como diria Pizarnik, há cicatrizes que se rebelam para voltar a seu estado primeiro, o de feridas. Por isso mesmo, escolhi escalavrar minha casca até escancarar as chagas de outrora, até encontrar o caminho das lágrimas que lavaram minha pele tantas vezes.

Espero que entendam, espero que leiam, espero que gostem, porque esta carta de amor foi escrita, acima de tudo, para a garota que fui, tão perdida em tantos sonhos e desejos que, volta e meia, acabava fabulando a vida para poder manter a cabeça acima da água, em um dilúvio de sensações e descobertas. Sim, amo a menina que fui porque, sem ela, sem os amores que a mataram tantas vezes, eu não teria renascido repetidamente até chegar aqui — da primeira à última página deste livro.

PREFÁCIO

Sou muito apegada na adrenalina de sonhar com o impossível...
Com essa coisa de viver no mundo da lua, mesmo enquanto é dia
Cê entende, né?
O que você vai ser quando você crescer?
O que eu ia ser quando crescer? Me perguntei enquanto eu crescia...
Sigo crescendo e tentando ser quem eu queria
Como eu queria

No princípio, não era o verbo.

No princípio, na verdade, eram só a voz e a vontade — a voz e a vontade e o emudecimento e o entorpecimento que fragmentavam meu ser e o transformavam em pura frustração, na quase encarnação de tudo de incompleto que poderia haver. Assim, eu — um sopro, uma neblina, uma intuição — vagava como um vento: sem guia, sem garra e sem garganta para gritar. Eu, dispersa na aragem, andarilhava pelo vazio, por um vácuo de sentidos e significados, sempre em busca da primeira faísca, à caça da identificação e das sensações — dos sentimentos? — que poderiam, finalmente, desencadear a explosão que me espalharia pelo espaço e me daria peso, que permitiria que meus pés tocassem o solo e faria com que meu nome, ao ser inventado, ao ser trovejado por trás das trevas, me materializasse em algo espesso e real, sólido, mas não ainda, não tão rápido porque, naquela época, eu era uma eterna espera, um perpétuo procurar.

No princípio, quando deixei de ser vento, a voz e a vontade se avivaram e se converteram na voragem que me devorava e me virava do avesso, vertendo-me em eterna vertigem. Então, atropelada por tanta tontura, fui tomada pelo tresvario que catalisou a criação de minha carne e se acomodou em meu corpo como fome, sede, sono e euforia, comportando-se como a urgência que me consumia, mas não desabrochava no pasmo de me perceber sendo, pois eu ainda era pouco e nada, nada sabia das coisas de dentro. Minha matéria, exata e sólida demais, só conhecia a âncora de chumbo que me acorrentava ao chão e atrapalhava minhas asas, tão ansiosas pelo mariposear típico dos ingênuos, das primeiras vezes, da petulância prascóvia do peito que persegue o perigo por puro prazer, do coração casto que, tão extasiado quanto ícaro, cede à sedução abrasadora do sol só para sentir o calafrio da queda, mas disso eu não sabia ainda, não antes de acontecermos, não antes de nossos apocalipses.

No princípio, tudo era marcadamente concreto. Em mim, a vida transcorria em perene apneia, pois eu — tão acostumada a ser vento, a voar como neblina — não sabia respirar. Assim, ao procurar por meu primeiro fôlego, pelo sopro que animaria meu barro, eu mantinha meus lábios sempre entreabertos, esperando recuperar o ar. Em minhas vãs epifanias, eu intuía a aproximação de uma quase melodia, que brotava de uma miragem ou de um mistério e reverberava em algum breu dentro de mim. Então eu, mera matéria, corpo em congelamento criogênico, sempre um segundo antes de resfolegar, corria pela casa, caminhando por cada cômodo, caçando uma canção que escorria entre meus dedos e escapava de minhas mãos por permanecer um pouco além do que eu conseguia alcançar. Distraída, perdida no padrão da pintura da parede, percebi que o som vinha quando eu piscava, exatamente nos momentos em que o mundo se escurecia e minhas pálpebras interrompiam a intromissão do externo. Assim, quando eu podia me alhear ao aparente, meus ouvidos captavam a doçura das notas que eu havia nascido para cantar, mas, naquela época, na era do palpável, meu corpo ainda se recusava a destravar minha voz, minha vontade. Com a garganta embargada, eu, ainda sem ar, permanecia muda e entorpecida, pois o que eu podia se resumia ao que meus pais me forçavam a engolir e ao que o livro preto e pesado permitia. Assim, em meus dias de desespero e de profunda falta de fôlego, eu me debatia e me despedaçava, presa no reduzido espaço em que me enclausuravam, prensada pelos parcos pressupostos que produziam a desmedida demanda que delimitava o pouco que eu podia e o tanto de que eu ainda precisava. Nas poucas oportunidades que eu tinha para tentar respirar, minha voz se revelava, adestrada para o patético pelos professores mais parvos, e se libertava de meus lábios como um silêncio triste, como o suspiro cansado que, hoje sei, deveria ter sido ocupado por um grito de gozo, por um gemido afogado por trás de línguas e dentes e adornado por lábios mordidos e dedos enrolados em travesseiros e lençóis. Naquela época, na era do visível, no tempo da eterna falta de ar, eu era jovem e ainda não sabia que meu vazio volumoso e minha melodia muda haviam sido paridos para permanecer prenhes da eletricidade que emana, em ondas inebriantes, da eternidade que se embrenha nos olhares definitivos e da poesia rutilante que incendeia os orgasmos. Portanto, quando meus dedos descobriram o vértice entre minhas virilhas e inflamaram minha fenda, uma fagulha fulminante fomentou a fulguração que me refez: eu, meu corpo, e, finalmente, o fôlego, o ar. Mas, naquela época, eu não sabia, e disso eu não posso me culpar.

No princípio, eu apenas pressagiava o mundo, pois o que havia para além do contorno que me delimitava e me desmisturava do de fora também me conjugava com o de dentro, com o conhecido e o constante, com o único universo que me era permitido percorrer. Por mais que a pele pedisse e o coração cobrasse, o corpo se opunha e o livro preto e pesado proibia: para me defender e me manter cativa, concreta e acorrentada, ele erguia muralhas e escavava trincheiras, pois eu, mulher, grande ingrata e pecadora original, devia permanecer apartada para não me perder. Impondo e impedindo, o corpo, principalmente o corpo, domado e doutrinado, produzia medo e mistério para silenciar minha voz e desvitalizar minha vontade, mas eu resistia, tinha que resistir, pois a voragem e a vertigem que se escondiam no oco da minha curiosidade me instigavam e não deixavam minha inquietação se acalmar. Assim, por me manterem em um estado de fome insaciável, minha mente, que se esbaldava em devaneios, e meus olhos, que engoliam realidades, entupiam minhas veias com a adrenalina que motivava minhas pernas e me fazia andar em círculos, repetindo um ciclo de expectativa, frustração e perda, porque tudo que eu queria ou precisava estava sempre do lado de fora. Eu, naquela época só matéria, tentava sobreviver sem minha voz e sem minha vontade, que haviam sido encasteladas em um reino remoto e repugnante. Ah, revendo meus primeiros passos, revivendo o estremecimento que me desestruturou, relembrando as rotas que tomei até desembocar em ti, reconheço os sintomas de minha enfermidade, os sinais de minha explosão, mas, naquele tempo, eu mal existia, então não sabia nem como me proteger.

Então veio a febre do desejo. De tanto me apoucar, reneguei o corpo e dormi, entregando-me a um sono escuro e sem sonhos, silencioso, sem fim. Presa em minha mente, inventando mundos para subsistir, eu assistia à vida por trás de minhas pálpebras, em uma projeção desfocada de um filme fraco e chato, com som e imagem fora de sincronia. Adormecida, fui arrastada por uma correnteza arrasadora, que banhou meus cabelos e embebeu minha boca com a água que me batizou e me contaminou com o elã do eterno desejar. Ainda assim, por ser inexperiente e por ser somente corpo, eu não sabia como me entregar ou entender, assim a enxurrada me engolia e me enchia por dentro, encharcando-me com o caldo do deslumbramento que só sentimos da primeira vez em que nos vemos como seres separados do mundo. Naquele momento, descobri quem eu era, e despertei, juntamente com minha vontade. Muito mais que ser, eu queria. Tudo. Para ontem.

Então instalou-se a alucinação. Entre o sono e a vigília, trancada na torre dourada do que determinavam ser melhor para mim, minha alma, ainda sonolenta e de olhos semicerrados, detectou um tênue tremor que, sutil, se entranhou nas profundezas de minha letargia e se propagou por meus ouvidos, por meus ossos, por meus músculos e por minha pele como uma praga, como uma pressa, como uma profecia de uma nota só que, com um único pulso, fez vibrar todas as cordas do cosmos.

Então, encantada, entoei uma resposta, e todas as minhas fibras rebrilharam ao recitar a invocação que verteu pelo éter, ecoou por minhas entranhas e eclodiu em minha essência como a revolução que exacerbou minha fome de mundo e me fez querer mais, precisar de mais, preparada para uma explosão que eu pressentia e esperava com um apetite apocalíptico. Fora de controle e embalada pela pilha do que eu dessabia, sucumbi à paixão que senti pela potência da vontade que, à espera de resposta, pelava sob minha pele, mas ela não veio.

Então se instaurou a frustração, pois aquela nota nunca mais se repetira. Em minha disritmia, na asfixia produzida pela espera pelo retorno do som que se revelara praticamente por clarividência e depois se calara, tudo que eu ouvia era um eco estranho, uma repetição esmorecida que assonava como uma resposta silenciosa e morta e me prendia na espiral infinita de desejar um desfibrilador para me trazer de volta à vida. Assim, como minha voz e minha vontade haviam se desesperançado, me entreguei ao compasso interrompido de uma melodia que talvez nunca tivesse existido. Em meu desespero, me deixei estar, observando relógios parados, discos riscados, conversas interrompidas e palavras não ditas. Concentrado — e infinitamente denso —, meu desencanto gravitou para meu centro e arrastou consigo a massa infinita de meu anseio, de minha sede. Eu ensaiava voltar a ter voz e vontade e me esforçava para me expressar como vertigem e voragem, mas precisava de algo que me estourasse e me vomitasse como uma sonância, mas a inércia que me habitava havia empurrado minha essência para meu cerne, cada vez mais tenso, denso e quente, até que houve, até que ouvi...

Teu chamado.

Big bang.

No recomeço, era o verbo, e o verbo era eu: carne, espírito e música. De dentro de mim, em um estrondo, o cosmos se fez, o tempo começou e o espaço se dimensionou, disparando a reação que transformou minha voz e minha vontade na força de expansão que inflou o universo e o multiplicou de tamanho exponencialmente, salpicando a poeira do que fui/sou — vertigem, voragem — por todo o multiverso. Teu convite irrecusável chegava como uma radiação colérica e se chocava contra meu corpo com milhões de vezes a velocidade do som e, ensurdecedor, ele adentrava meu centro e se adensava, pronto para provocar uma catarse, me preparando para a combustão quase espontânea que seria estar em sua presença. Livre, minha alma se desprendeu e desapareceu à cata do canto, os sentidos atentos, as pupilas dilatadas, a boca aberta para engolir o que me excitava e me encaminhava pelos labirintos de sensações que se escancaravam como enormes metrópoles erguidas com edifícios de espanto e êxtase. Ao meu redor, tudo resplandecia e me embriagava, mas nada tinha teu tom, o som que despontava entre minhas pernas como um pré-terremoto e se propagava, impelido por uma lembrança do futuro, talvez. Por não saber resistir à volúpia da busca, eu ia, correndo, voando, vendo, cheirando, engolindo, ouvindo e sentindo, seguindo a trajetória trágica de uma mariposa atraída pela chama, afogada na parafina, presa a uma quimera que minha não era, mas eu continuava, porque tua melodia vinha e fazia casa em meu corpo como um devir inevitável, que me fragmentava e me agregava em um ciclo contínuo, em um turbilhão de transformações que me dava a certeza de que, incapaz de resistir à tua gravidade, eu entraria em tua órbita e aterrissaria em teu corpo: pronta, estatelada, faminta. Em meu âmago, eu reconhecia que estava programada para te encontrar, porque uma força magnética ou profética me atraía e me arremessava na tua direção, sem bússola ou mapa, e eu te descobriria mesmo que os pontos cardeais jamais fossem inventados. Por você, disso eu já sabia, eu criaria mundos e nomes, por você, eu destruiria deuses e dogmas, pois você era um convite, um desejo, uma promessa.

Uma chance.

Quando teu chamado chegou e me despertou, fez-se em mim — eu, arrebatada pela expansão das partículas, transformada em carne, espírito e música, movida pela voz e pela vontade — a pressa de estrondar teu nome — qual? —, por toda a matéria, antimatéria e matéria escura, no presente, no passado e no futuro e até mesmo nas realidades paralelas que eu nunca conheceria.

No recomeço, tudo era urgência.

E eu queria mais.

CLUBE DOS SONHOS FRUSTRADOS

Teto de vidro quebrado
Relógios no anti-horário
Copos de café inacabados
Você quer entrar
Você quer entrar
Ou quer deixar pra lá?
Deixar pra lá

As pontes são quebradas
Não tem Terabithia, só ironias tipo
Sonhando em plena luz do dia
Traçando metas enquanto o mundo finda
Bem-vindos aos piores dias das nossas vidas
Você quer entrar

Então seja bem-vindo ao clube dos sonhadores frustrados
Enganados, por si mesmos
Sabotados
Seja bem-vindo ao clube

Tenho pouca fé, coração na mão
Hoje eu vou a pé, sem direção
O que se passa na mente da gente ninguém entende,
nem peço que entenda
até porque não teria graça se você me desvendasse
A magia de não pertencer me move
Nossa Disneyland hardcore
Me veja, me note, faz o que pode
Sempre certos que já deu errado
Expectativa e frustração moram lado a lado

Antes de você, eu era uma singularidade. Os átomos, os planetas, as estrelas, os sistemas, as galáxias, eu, minha voz, minha vontade, meu nome, tudo existia, se comprimindo, fundindo matéria e energia em um pequeno ponto de tudo e nada. Quando aquela única nota se embrenhou por meus tímpanos e tomou meus músculos, regurgitei uma resposta e esperei um retorno, que regressou como a ausência de som, como uma solidão que soprou, destruidora, por todo o meu ser. Desencantada, sucumbi ao desespero e desfaleci, desistindo do de fora e do que eu fora, deslembrando toda a minha vontade de viver. Em minha inércia, minha matéria, densa, letárgica, pesada e silenciosa, se condensou — ardente e espessa — em energia líquida, em lava estelar pronta para a explosão — dinamite, C-4, vulcão, gêiser.

Quando teu canto chegou, eu, caldo instável, conjunto e completude, alfa e ômega, o todo antes de tudo, desabrochei na flor infinita que desafiou as leis da física e pariu tempo e espaço. De mim, do estouro que me produziu, expandiu-se exponencialmente o tecido do cosmos, que cicatrizou meu corpo em carne, espírito, música — e fome. Enamorada de meu novo estado, apaixonada e espalhada, como poeira cósmica, por todo o espaço, senti a tração de teu chamado em minhas partículas e, para te encontrar, mantive minha boca, meu nariz, minha pele, meus olhos e meus ouvidos, todos os meus sentidos — fendas, ímãs, ralos, sorvedouros — abertos e atentos para atrair e absorver toda e qualquer coisa que passasse perto de mim, tamanho era meu desejo.

E eu queria, te tresqueria.

Eu te figurava e, ao piscar, eu era capaz do impossível, corporificando e cristalizando minha voz, que te cantava, e minha vontade, que me movia e me motivava a criar cometas, a gerar galáxias, a estrondar trovões e a refazer o que fosse preciso para pavimentar minha estrada até teu som, até a nota fundamental que me formara e me expandira, e nada me impediria de devorar toda a essência divina, se preciso fosse, para te encontrar.

De olhos fechados, procurando, encobrindo-me no escuro para te escutar com o espírito mais apurado, eu abraçava a premência de me afogar na ansiedade, de desmaiar devido à asfixia desencadeada pelas mãos de tua ausência, que fechava os dedos e fincava os dentes em meu pescoço para se nutrir de meu corpo e me inocular com saudades do que eu não sabia.

Na inexperiência de meu recente renascimento, a certeza de tua existência me despreparara para o imperfeito e, quando esbarrei com as expectativas externas, com o que a comunidade queria que eu quisesse, descobri a fricção e enfrentei a obrigação de ter que criar a ficção para evitar o confronto com o pronto — e o pranto. Apesar de eu ser um universo, persistia em mim o mundo exterior, a grande trave nos olhos que os outros teimavam em transformar nas obstruções intransponíveis nas quais eu tropeçaria com o propósito de me impedir de te encontrar. Esparramada na lama do desencanto, experimentei o desespero de me renegar, de ter que aceitar a censura de terceiros e de ter que me tachar de impossível, apesar de real e viva — carne, espírito e música em um corpo de desejo e febre. Assim, eu vivia — ah, como eu sobrevivia! — suspensa e à espera dos primeiros sinais de uma profecia — você? —, cuja inevitabilidade, antes mesmo de você aparecer, ampliava meu apetite em ondas que arrasavam continentes, litorais e oceanos com tsunamis coroados com a espuma amarga e salgada do quase, do quem sabe, do talvez, do um dia.

Mas, incansável, eu me enchia de esperança e não me esvaziava da chance de escutar teu canto novamente, então eu insistia e te invocava — de perto e de longe e em todos os lugares —, vagando velada entre os olhares alheios que resvalavam em minha matéria de mistério, que só não fervia por não reconhecer — ainda — como reverberar na cavidade certa. Dentro de mim, eu pressentia que tua caverna me acolheria, desabrochada por meus dedos e por minha língua, e que ela floresceria em cortinas de carne que escorreriam sensações-sentimentos e que, naquele momento, eu me aceitaria, mulher, em outra mulher. Antes de saber de tudo isso, de confrontar o que ainda aconteceria — você, eu, nós? —, o som recomeçou, primeiramente como a impressão de um eco, depois como uma repetição alta e estridente, uma resposta, o ressoar de uma canção onipresente e irresistível. Descontrolada, minha garganta expressou o desassossego de minha essência e gritou todo o desespero do meu desejo, toda querência que pingava de meu corpo e proclamava a grande vinda.

Quando, finalmente, a melodia se tornou tua cantiga de sereia, eu me joguei no mar sem fundo, mesmo sem saber nadar, pois havia a voz, o canto e a vontade, o encanto, e eu, sempre querendo tanto, com o coração envenenado, vagava, desorientada, escutando, escutando, escutando as notas que você entoava, furiosa, forte, fatal.

Você vinha.

Verdade.

Vida.

Volúpia.

A certeza de tua existência surgia e se amplificava em mim como se emitida por sinais de rádio, que flutuavam em meu fôlego e invadiam meus vazios, multiplicando-se em meus mundos e assanhando meus sonhos. Tua voz de sereia, irresistível, se agarrava à minha garganta, que te adivinhava e te cantava com respostas do tamanho de catástrofes e hecatombes. Sob minha pele, terremotos e enchentes, cataclismos. Pelo meu peito, tua voz subia em colunas azuis e explodia no céu de minha boca, banhada em minha saliva, saturando-me com teu sabor e lambuzando meus lábios com tua lábia, mesmo antes do saber, antes do teu nome.

Antes de você.

Presságio e profecia.

Sempre mais próxima.

Eu te sentia e você me invadia, como um cheiro, um chamado, uma semente, um sabor, um fantasma do futuro, desconhecido, impossível, mas que me empurrava para perseguir tua pista, tua presença. Meus olhos, crédulos, te criavam e recortavam os contornos de teu corpo em meu reflexo, trazendo tua realidade às minhas fronteiras, aos meus limites, arrebentando a linha que me mantinha ligada ao infinito, ao firmamento, ao fingimento de ter que habitar o território do terror, inversa, inverno em minha carne quente e quieta, à espera.

Certa, ah, tão certa, tão convencida estava eu de tua chegada que minhas veias borbulhavam adrenalina e todo o meu corpo acompanhava o compasso de tua cantilena absurda, que me fazia andar por ruas e avenidas, atravessando o trânsito e tropeçando no rastro de tua passagem antes mesmo de teus pés pisarem o chão. Dentro de mim, se eu podia te pensar, te escutar, te cantar, eu também podia te farejar pelas esquinas, calibrar minha bússola para ir ao encontro de teu corpo em algum conto de fadas ou fundo de poço, em um dia comum ou durante o armagedom. Naquela época, durante esse surto, o que importava era que tua vinda me vingava, e te vislumbrar me ajudava a revidar, a estapear a cara do mundo. Em meus delírios, durante minhas convulsões, você sempre se materializava misturada a tudo a que eu almejava, incitando a confiança e a coragem que permitiriam que eu conquistasse, à força, meu nome, minha essência, a confirmação do amor que eu havia nascido para sentir.

Antes de te reconhecer, tudo continuava cinza, congelado, comum e, no pouco tempo que eu passava desperta, meus pés vacilavam ao tocar o concreto mesquinho do que me prescreviam como certo, aceitável e possível, mas aí vinha teu canto, que me desconcertava. Assim, como conciliar o que me era sussurrado durante o sonho com a frustração da vigília? Como anunciar que eu não era aquilo que todos queriam, tão perfeita, tão cheia de aspirações exatas, com carreira construída em capítulos e versículos, jurada sobre a capa do livro preto e pesado, uma vida no coro da congregação, cantando notas angelicais, tementes, domadas e dominadas? Como revelar que eu era feita de trítonos e dissonâncias, de um desejo por algo muito parecido comigo e tão proibido pelo meio que havia me criado?

Tua voz vinha e me acariciava, perfumada com os resquícios dos cheiros e dos gemidos de outras tantas mulheres, meus fantasmas. Entre meus suspiros, teu nome despontava e porejava na pura possibilidade, no pensamento de que eu poderia, queria, era. Era? Era, sim. Sou.

No púlpito da igreja.

Onde você se escondia?

Na reunião de amigos.

Por que você não se revelava?

No sonho que me assolava.

Por que você não vinha?

Por quê?

Onde estavam teus olhos, teus lábios, tuas mãos para me salvarem do naufrágio?

Onde estava teu chamado, teu canto, teu toque, sereia, para extinguir meu desespero, minha vontade de me deixar afundar, mesmo sem você, pela falta de esperança e de saída?

Onde estava a porta que você anunciava, mas não mostrava?

Por que eu tinha que andar, andar, andar sem nunca chegar perto o bastante para te tocar, por que eu precisava viver entre a desilusão e a euforia, desgarrada e dissoluta, pendendo e perdendo? Sempre perdendo, sempre correndo atrás de um sonho que não se revelava ou não se concretizava. Tua voz indo e vindo, minha aceitação aparecendo e sumindo.

Quem eu era? Como te achar se, no espelho, meu rosto era o reflexo do desejo de terceiros, dos planos que todos tinham para o neném que viera e contrariara as regras da religião por querer tudo que não podia? Queria cantar, mas não o louvor. Queria amar, mas não o próximo. Queria, na verdade, detonar-me em uma bomba de desejo, de sete pecados capitais na pele da menina que estava por perto, logo ali do lado, e que cantava, me chamava, sereia, embalada em uma neblina que me cegava e não me deixava ver, não me deixava perceber que a voz vinha de onde eu nunca notara, porque estava nos mesmos lugares que eu frequentava, tão debaixo de meu nariz, tão simples, mas tão complicada, tão cheia dos mesmos problemas que eu.

Naquele dia, meus olhos esbarraram nos teus de um jeito diferente e, sem que precisássemos dizer uma palavra, nós nos aceitamos e nos identificamos.

Eu e você?

Sim.

Sim.

Sim.

Eu, com cara de boba, meu universo, minha voz, minha vontade, meu corpo flutuando no céu e fosforescendo em auroras boreais em meu sorriso, em minha pele iridescente, que gotejava uma resposta a teu chamado. Minha falta de ar ao te perceber, ao te ver, sorrindo, do outro lado do salão, teus olhos, tua boca, teu brilho, tudo me chamando, cantando meu nome, e eu, marinheira de primeira viagem, surda e impenetrável, esperando o incrível e o divino quando eu poderia ter te encontrado pela delicadeza de tua respiração, de teu corpo, de teu sorriso, que se abriam em certezas tão absolutas.

Eu, sentada, observando as costas de tua cabeça, que se mexia, graciosa, cabelos soltos e luminosos, pouco à frente, você tão próxima, na próxima fila, na próxima cadeira.

Na próxima semana.

Promete?

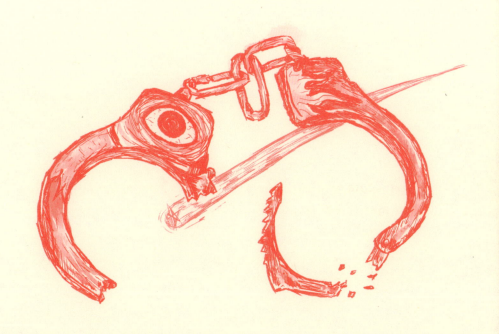

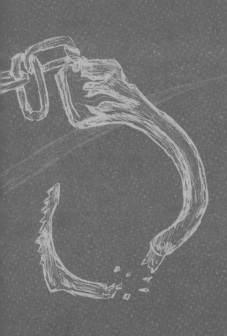

FUGITIVOS

Nos conhecemos no mesmo contexto
Todo mundo a todo tempo
Nos dizendo o que ser e o que ser dito
Um dia seremos fugitivos
Talvez até compreendidos
Lembro do beijo sempre ter sabor perigo

Mesmo não sendo certo
Trouxe pra bem mais perto
Prometo que ninguém tá vendo
Isso é tudo que eu mais quero
Te ter bem mais perto
Mas eu acho que alguém tá vindo

Pode falar ah
Eles vão falar
Mas não vão me culpar
Só por amar
Só por amar

Me encontra depois
Me fala como foi
Me fala de você, me fala de nós dois
Vai acontecer de novo?
Quando?

Mesmo não sendo certo
Trouxe pra bem mais perto
e eu prometo que ninguém tá vendo
e isso é tudo que eu mais quero
te ter bem mais perto
foda-se se alguém tá vindo

Tropecei no teu olhar entre um passo e outro. Não esperava tua presença, então minha carne simplesmente funcionava, sobrevivendo, inspirando e expirando, as veias cheias do sangue que esperava o coração bater para poder circular. Por mais que eu tivesse explodido e me tornado um universo, um corpo escuro com estrelas cadentes, quasares, galáxias e buracos negros devoradores de tudo, eu ainda não sabia como me virar no espaço imediato, pois não conseguia transformar minha matéria na vertigem e na voragem que minha voz e minha vontade diziam que eu poderia ser. Na verdade, eu era um sonho distante e empalidecido de mim mesma e, para tornar meu corpo concreto, me deixava estar presa no eterno ciclo de perseguir uma impressão de tua presença. Nas noites mais longas, eu alucinava o prazer da busca e mergulhava atrás da bioluminescência fantasmagórica que brilhava no chiar do vaivém das ondas, no morrer na praia,

34

de mãos vazias, mas com o coração saudoso daquele canto de sereia que nunca se repetia.

Tropecei em teu olhar quando entrava na sala. Teu brilho veio, fosforescente, como um relâmpago letal, como um morteiro mortífero, e pulverizou as fundações do prédio, deslocou placas tectônicas e inverteu os polos magnéticos. Eu, mesmo depois da explosão de milhões de graus de minha singularidade, não estava preparada para uma luz tão fulgurante, para o clarão incandescente que me hipnotizou nos milissegundos pelos quais esteve visível, pouco antes de minhas pálpebras interromperem sua cintilância e me jogarem nas mais puras trevas, em um poço de escuridão e abandono, mas, ao abrir os olhos novamente, lá estava você, disfarçada sob o esplendor de tua banalidade, mas, para mim, você luzia com a beleza de trezentos sóis e me atraía em tua direção como a maré mais incontrolável que eu encontrara. Irresistível, teu sorriso faiscava um fascínio que se fincara em minhas fibras, apesar de sua incandescência intermitente e furtiva. Sem que eu percebesse, teus tentáculos de polvo escalaram minhas pernas e me tomaram como refém enquanto teu corpo mole e maleável me mesmerizava ao mudar de cor a todo momento, mimetizando os padrões do carpete e do papel de parede.

Arrebatamento.

Naquela época, eu ainda acreditava na palavra, mas, se tivesse que descrever tua aparição, teria que recorrer à heresia e seria exatamente assim: arrebatamento, porque tua gravidade me atraiu e eu obedeci à tua órbita, indo e voltando, girando como um satélite. Sem nem sequer tocar teus lábios, eu sabia que tua saliva tinha sabor de leite e mel, de maná, porque eu respirava o rastro que tua matéria, efervescente e diáfana, deixava por todos os pontos pelos quais eu também passava. Como em um tango, nós nos achávamos e nos perdíamos, disfarçando nossa atração como amizade, exatamente do jeito que todos diziam que deveria permanecer, mas, dentro de mim, uma certeza segredava que você também necessitava de uma centelha para se incendiar como força da natureza.

Dia após dia, tua melodia chegava, sereia, cada vez mais imersa nas promessas que teus enigmas sussurravam, aumentando o mistério da maravilha oculta que cantarolava para mim, porque eu aceitaria ser teu segredo peçonhento, escondido até dos olhos de Deus.

No momento em que nossa pele se tocou, o cosmos chorou e se encheu de vida, os deuses nasceram e os seres nomearam as constelações, as coisas e os costumes. Em tua saliva, renasci, fui batizada e deixei para trás as coisas de criança, pois teu beijo me abriu portas que eu não conhecia e me mostrou que o prazer era possível em um corpo parecido com o meu. Sim, sim, sim, sim, eu sabia que era certo e sentia minha carne cantar quando encostava na tua.

Mesmo que tua vontade forçasse minha voz a não gritar nosso amor aos quatro ventos, você me inebriava com tua melodia de sereia, que me entorpecia e me mantinha na clandestinidade, pois era lá que você se escondia. Assim, de mãos dadas, dançávamos em compassos desencontrados com os do mundo, pois nossas existências só podiam se esbarrar quando tudo estava escuro. Então, enquanto o universo piscava, eu te jogava contra a parede para, de teus lábios, provar do vapor misterioso que emanava de tua alma e me convencia a começar guerras e a destruir civilizações.

Em teus braços, eu me expandia mais rápido, transformando, criando, engolindo, dilatando-me para produzir espaço para o que éramos, para o calor que produzíamos no encontro de nossos olhares, de nossos lábios, de nossas mãos. Em teus braços, eu reinventava as leis da física, pois precisava criar as condições propícias para que pudéssemos nos concretizar. Em teus braços, com a ajuda de tua melodia, eu estudava a cartografia do teu mar, pois não havia mapas para me proteger das pedras traiçoeiras enquanto tua língua me distraía, pintando paisagens incertas e selando a dúvida no meu ser: até onde chegaríamos, até quando conseguiríamos continuar caminhando pela corda bamba que havíamos traçado com saliva entre nossos corpos?

Curiosa, estiquei a mão e te convidei para o passado de minha explosão: o cosmos.

Você vem?

Me deixa te ver, porque tenho que te descobrir para me encontrar.

INEVITÁVEL

Por que não me fala das noites
De como você via tudo
Será que é como eu imaginei
Vamos viver tudo outra vez
Por que não me conta teus planos
De como se vê em alguns anos
Será que é como eu imaginei
Me surpreende mais uma vez

Me liga quando chegar
Me liga quando achar
Que não deve ligar
Então vamos devagar
Me avisa quando achar
Que devemos parar
O que você quiser
Me fala o que cê quer fazer

Quando ver que não dá pra ter
Outro final

Inevitavelmente
Não tem como não ser a gente
Inevitavelmente
Descompensando meu inconsciente

Porque cê não passa a noite
Se não ficar, só não some
Que seja como eu imaginei
Me surpreende mais uma vez

Eu e você, você e eu
Tipo Bonnie & Clyde, Julieta e Romeu
Contrariando tudo, contra o mundo
Vivendo o sonho entre quatro paredes
Ninguém pode com a gente
Inevitável, inevitável, inevitavelmente

Quando tua voz chegou, como um eco da minha, explodi. Descobrir-me possível em outra mulher me expandiu e me transfez, esticando minhas fibras e me transformando no tecido do universo que criei para habitarmos. Entre minhas estrelas e galáxias, voávamos, orbitávamos e flutuávamos, perdidas uma na outra, sem nos importarmos com os eventos cataclísmicos que, fora de mim, faziam com que a vida ocorresse. Então, em um de nossos primeiros momentos de consciência, sozinhas e nuas, inocentes em nossa necessidade mútua, convertemos meu céu escuro, no qual teu brilho suplantava o dos outros corpos celestes, em um jardim do Éden que nós, duas Evas, pudéssemos habitar.

Em nosso tempo mítico, quando ainda não precisávamos do de fora ou de qualquer conhecimento que não aquele revelado por nossas peles e nossos corações, nós caminhávamos por entre as árvores e por entre os quatro rios e nos entretínhamos com nós mesmas. Naqueles instantes, eu me perdia na beleza da tua presença, no poder de tua correnteza, que me levava para o único lugar em que eu sempre quisera estar, sereia, teus braços, teus lábios — os de cima e os de baixo.

Você não sabia, mas eu, buraco negro, em minha ânsia de devorar, te absorvia com tanta intensidade que consumia os resíduos de tua imagem, as reverberações de teu canto e tudo mais que sobrava de tua passagem. Com as mãos no solo, sobre tuas pegadas, eu recuperava o resto de calor que a terra roubara, pois precisava que, em tua ausência, tua existência continuasse a abrasar minha alma. Sem você, sereia, minha Eva, tudo eram vácuo e trevas.

Quantas vezes, enquanto degustava os sabores de tuas cavidades, cataloguei as infinitas nuances de teus gemidos e sussurros? Quantas vezes, enquanto você mirava o mundo com teus olhos de metralhadora, memorizei a sinuosidade singular de tuas curvas e cachos? Você não sabia, mas meus sentidos jamais descansavam. Cada segundo era um banquete, um convite a que eu te experimentasse e te apreendesse de uma forma diferente.

Do fundo de meu encantamento, eu antevia que enxergávamos paisagens diferentes e que nossos filmes eram feitos com trilhas e roteiros dissonantes, mas, naquela época, eu tinha pressa e tinha fome, e precisava provar o sagrado e o profano por tuas papilas, vislumbrar a vastidão que você via. Por ser sozinha, por ter passado tanto tempo sendo impossível, eu desejava — ah, eu ardia de vontade de te saber, de sacralizar os sons de teus gozos como escrituras sobre minha pele.

Desvendar teus segredos, saber como eles se confessavam nas entonações de teus suspiros, era uma obrigação que movia todas as células de meu corpo e me forçava a te abrir como um livro, a traduzir teus parágrafos mais compridos e convolutos. Em minha voracidade, sabia de cor todas as tuas páginas e palavras, até mesmo as mais terríveis, as definitivas, aquelas que escancaravam a frustração e o abandono, mas, naquela época, você ainda não havia me oferecido o fruto, então nada abalava nossa harmonia.

Deitada a teu lado, brincando com a ponta de teu cabelo, eu queria até as tuas partes podres. Na verdade, eu desejava que você me machucasse para eu sentir, em minhas entranhas, nas entrelinhas, que você era real e que poderia me ferir se assim escolhesse. Eu precisava de provas porque, mesmo depois de nosso primeiro beijo, de nosso primeiro silêncio, eu ainda não tinha certeza de que você era concreta ou de que viera como resposta à invocação desesperada entoada por minha voz ou minha vontade. Teria sido você uma Eva-sereia produzida por deus para me provocar e me prender? Teria sido você a Eva criada com minha costela para me condenar a morder a maçã, a compreender o pecado? Podia ter sido, era, mas, naquela época, nada importava, nada que não nós.

Nos momentos mais escuros, quando o céu se apagava para que dormíssemos escondidas dos olhos de deus, teu canto, tão baixo, tão contido, tão sussurrado entre suspiros, chegava com sílabas tão tépidas que, muitas vezes, quando minhas mãos se esticavam para te tocar, sereia, você desaparecia. Em um segundo, teu corpo evaporava, escapando por entre meus dedos como areia, água, antimatéria, algo além de meu conhecimento, uma coisa que me paralisava e me deixava estirada no chão, fria e aflita. Mas, então, eu me lembrava de que você também morava em minha garganta, que eu havia me inventado, como um universo, para cantar tua presença, tua existência, então eu direcionava minha voz para os confins do cosmos e te chamava novamente, só para que pudéssemos nos misturar mais uma vez e, depois, adormecer inocentes, blindadas por nossos beijos.

Mesmo em teus momentos de febre e euforia, eu te queria, queria o bom, o ruim e tudo mais que você tivesse e quisesse vomitar entre nós, no espaço entre nossos corpos sobre o colchão. Nossas peles, embaralhadas, ainda molhadas de nossa descoberta, transpiravam mistérios e melodias que saíam desencontradas. Nós duas, galáxias em colisão, nos amávamos como uma catástrofe, pois o que sentíamos, sereia, era um reflexo de nossa inevitável união. Na verdade, éramos inevitavelmente belas e completas na incompletude de nosso encontro, no tanto que ainda tínhamos para preencher nos formulários que eram nossas falas, nossas fábulas.

Com teu gosto em minha boca e teu sorriso ainda pendurado nas mechas de meu cabelo, eu, de longe, ligava os pontos de tua silhueta que, em frente à janela, observava e absorvia o mundo para me contar. Saciada, você voltava, prenhe de planos, de possibilidades e de presente, passado e futuro, que você trançava com os lábios para embelezar os nadas que você narrava. Na nudez de nossa novidade, tua inocência perversa pingava de tua boca com o brilho de um pulsar e a intermitência dos vagalumes, que ocupavam o quarto e pulverizavam paredes, tetos e portas. Naquela época, crédula em tua incandescência indecisa, que me dava e tirava ao mesmo tempo, eu me entregava à tua cintilância sedutora e levitava contigo pelo horizonte infinito que o universo nos oferecia como cama durante os sete dias da criação, por quantas vezes fosse necessário.

Você, minha sereia, minha resposta, minha oração, minha Eva. Você, pelo mundo, e meu coração te sentindo a cada momento, animado pelo batimento que eu julgava extinto. Tua visão e teu corpo, sempre uma aparição que me garantia que encontrar tua imagem era renascer, era começar a viver, porque, antes de ti, nada havia. Quando eu te via, tuas mãos se materializavam com tanta magia, com tanta meiguice, que meu medo se desfazia em borboletas furta-cor que pousavam em tua pele e púbis, criando casulos coloridos que teu corpo absorvia e metamorfoseava para me encantar mais uma vez.

Nós, nuas, pernas entrelaçadas e mãos dadas sobre o travesseiro. Em nossas faces, um sorriso de quatro lábios, unido e causado pelas intersecções entre nossos pensamentos e sonhos. No sopro de teu fôlego, eu entalhava minha esperança que, egoísta, te empurrava contra a parede e te espremia, tentando extrair de ti os planos para os anos que ainda tínhamos pela frente. Quem? Quando? Como? Onde? Ingênua, eu me prendia à impossibilidade de mapear os meandros de teu destino e, frustrada, me contentava em unir os pingos de suor que escorriam por tuas costas e criar as cartas que me ajudariam a te navegar. Com a ponta dos dedos, eu compunha sinfonias e óperas, passando a unha de leve pelas partituras que eu traçava sobre tua coluna, observando teus pelos se eriçarem com uma sensação que gritava meu nome e me respondia com um presente de língua e saliva, um brinde à descoberta de que éramos uma da outra.

Mesmo que permanecêssemos escondidas e que tivéssemos que morar na copa das árvores do Éden, nós havíamos nos encontrado, e nossos corpos se entendiam em uma sincronia perfeita de compassos e afinações. Em nosso jardim, não havia chaves ou trancas, pois tudo que éramos se abria e nos aceitava, multiplicando nosso êxtase exponencialmente, fazendo com que nossa matéria vibrasse até quebrar cristais. No silêncio de nosso segredo, no desvão pelo qual desaparecíamos e habitávamos a outra, fazíamos nossa cama sob as estrelas e observávamos novos mundos serem criados. Depois de nos amarmos, de batizarmos nossa carne com o cheiro e o gosto que carregávamos como tatuagem ou profecia, nós nos deixávamos ficar, caladas, cálidas, querendo encontrar nosso canto, nosso caminho, juntas. Na falta de som, no excesso de nudez, nos momentos em que nos desvelávamos, caçávamos nossas cicatrizes, rastreando pele, alma e os ocos de dentro. Para isso, desnudávamos nossas feridas, confessávamos nossos traumas e dramas e deixávamos que nossas lágrimas nos banhassem, buscando a cura, apagando, com os lábios, traços antigos de maldade e decepção para nos purificarmos e permanecermos possíveis. Naquele silêncio e no cheiro de sexo que sobrava sobre nossos seres, pendurávamos nossos sonhos e as promessas que fazíamos uma à outra, os planos nos quais nos incluíamos, mesmo que soubéssemos, ou quase, que eram escritos com a tinta do impossível, do improvável.

Na época da inocência, para mim, nada existia além de nossa felicidade, nada que não a facilidade de ficarmos ocultas sob as cobertas de nossa ficção. Na verdade, minto: hoje em dia, sei que nossa ficção era frágil e se esgarçava, e que o véu que nos preservava, cedo ou tarde cairia, deixando-nos desprotegidas, desencantadas. Nos meus poucos segundos de lucidez, aqueles amargos e pesados que escapavam entre um beijo e outro, eu tinha certeza de que eu tinha uma vontade na alma e uma voz na garganta e que ela cantaria, que ela revelaria meu nome, minha matéria e nosso amor para o mundo, e percebia que você disfarçava, por baixo de tuas palavras, que eu era um prazer proibido, uma maravilhosa memória para ser mantida sob o travesseiro, afogada entre um cochilo e outro, mas isso não importava. Em nossos primeiros instantes, quando o tempo ainda era feito de magia, éramos fusões nucleares e nossa energia se expandia pelo cosmos, clareando noites, mudando destinos e, em meu íntimo, eu queria pegar tua mochila, jogar nas minhas costas e te levar junto comigo, mas um tom oculto no teu canto murmurava com tonalidades de tragédia.

Naquela época, eu ainda era cega e nada sabia do que se passaria no futuro, então eu ignorava os sinais e chafurdava em teu cheiro, em teu rastro, sem dar importância às escamas, ao som do chocalho ou ao brilho das presas que eu via de canto de olho. Em nossa dinâmica, em nosso paraíso, você andava e eu corria atrás, colocando pausas em minhas transformações, suspendendo outra singularidade, outro horizonte dos eventos, até ouvir tua voz confirmar um sim, confirmar que ia, que voaria comigo para onde eu queria, para onde meu coração me levasse. Naquela época, eu ainda estava apaixonada e você era tudo que eu desejava, porque era a primeira, era a derradeira, o primeiro amor que se derramaria, ácido, sobre todos os outros como um veneno — e era assim que eu te via: um veneno. Por isso, eu procurava tua boca, teus lábios, como se tua presença pudesse ser um antídoto, como se em tua saliva eu encontrasse os anticorpos necessários para resistir e para sobreviver eternamente colada à tua pele, suspirando de gozo.

 Eu perguntava, eu te pedia, eu revirava todas as cidades e os caminhos que encontrava sob tua pele, e repetia, quando você não estava olhando, as notas das canções que tua alma me revelava. Naquela época, na verdade, eu não me importava com nada que fosse contrário à nossa possibilidade, então eu me contentava e me alegrava com tua aura de amor proibido, escondido, com a suspeita de que você era a bandida que roubaria tudo que eu tinha. Eu, destemida, doida para me deixar dominar, abri a porta e te mostrei o caminho para o cofre porque, em meu desespero de te descobrir para me desabrochar, tudo que eu tinha era teu — e tudo que eu era também.

INCONSEQUENTE

Vou me mudar pra SP
Acho que tem mais a ver comigo
Vou abraçar esse mundão
Mesmo achando que era meu inimigo
Tatuei nos braços pra não me esquecer
Sonhei alto pra sobreviver
Tô indo ser o que ia ser quando crescer
O que você vai ser quando crescer?

Sei que vai sentir minha falta
Mas cê vai me visitar
Sei que vai ficar sem graça
Mas te ligo quando chegar, naquele esquema

Sempre fui impaciente e inconsequente
Um pouco carente, mas tem nada a ver com a gente
Sempre fui impaciente e inconsequente
Um pouco carente, mas tem nada a ver com a gente

No mundo da lua as minhas fases se confundem
Não se preocupe, me encontre nas nuvens
Perto do sol que nos queima e nos faz chegar
Perto do fim que nos amedronta

O que você vai ser quando você crescer?

Na época da inocência, vivíamos em nosso jardim, sozinhas, plenas, ocupadas com nossos corpos, evangelizando nossos espíritos com a palavra espontânea de nossa paixão. Naquele tempo, os dias passavam rápido, e nós nos descobríamos dentro da outra, naturalmente, porque nossas mãos, nossas línguas, nossos lábios catequizavam, de maneira instintiva, nossas peles e nossos órgãos, que se convertiam à nossa doutrina de volúpia e vontade, segundo a qual nós nos completávamos, nos complementávamos. Presas em nosso segredo, semeamos um universo único, uma realidade delusória que germinou em nossa carne macia, regada pelos sucos que escorriam de nossos sexos para germinar, brotar, crescer e espalhar nossas ramas, que se espraiaram como praga, trepadeiras, parasitas que nos gruaram a nós mesmas e aderiram ao que acreditávamos que existia. Assim, cravadas nas nossas raízes, nos troncos e nos galhos que nos nutriam e nos sustentavam, nossos corpos se conservavam concretos, plausíveis, para que pudéssemos nos enterrar no alheamento de nos inebriarmos de gana e gozo. Depois, entorpecidas, adormecíamos, a salvo, em nosso paraíso acolchoado e seguro, que nos mantinha à parte, apartadas do palpável, do possível, do provável.

Em nosso jardim, entre as árvores e os quatro rios, à sombra de nosso esconderijo, um dia, ouvimos ecos. Dentro de meu corpo, o som chegou como um terremoto, vindo de todos os lados e carregado de todas as vozes, e chacoalhou nosso chão de maneira tão definida e definitiva que meu coração travou ao ver teus olhos arregalados e tuas mãos trêmulas.

Durante nosso primeiro apocalipse, teus contornos se desafoguearam e tua luz se apagou por um momento. Em teu silêncio, identifiquei o desespero e o desalento que eu também sentia, pois, ensimesmada, você descobria que os ecos que ouvíamos espelhavam o mesmo chamado de quando teu canto surgira, sereia. Receosas e povoadas por vozes estranhas, fizemos nossa cama nos galhos da Árvore da Vida e esperamos, olhos nos olhos e ouvidos tapados, pois era o sétimo dia e nada mais deveria ter aparecido em nosso jardim.

Em teu desassossego, tua carne amedrontada se entregou. De tanto os ecos murmurarem mistérios, de tanto te seduzirem com o sussurro das ondas do teu mar, você soltou minhas mãos e se foi, mesmerizada por um brilho estranho e vermelho que chamejava no meio da Árvore do Conhecimento. Agarrada ao vazio que me sobrara, espreitei tua partida esperando por um longo olhar de despedida, mas você não se virou.

No dia seguinte, o céu alvoreceu herético. Por trás das nuvens, o sol vaticinava uma sina, fatal e final, que se empoleirou em meu pescoço e percorreu minha pele como um pressentimento. Então, você ressurgiu. Teus pés tocaram o solo ao mesmo tempo que um trovão estrondou em meu peito e um relâmpago rasgou o pouco espaço que nos separava e se aninhou em teus ombros. Elétrica e azulada, a serpente se tornou viscosa e delgada e te dominou. Sobrenatural, ela se escondeu em teus cabelos, se pendurou em teus lóbulos e dançou entre tuas sobrancelhas, experimentando a estática no ar com suas escamas. Sinuosa, a víbora então escorreu, perversa, e, como uma longuíssima pulseira, enrolou-se em teu braço e deixou-se estar.

Com passos pesados, você se avizinhou, tua pele desbotada e mortiça. Sem dizer uma palavra, você me puxou pela nuca, entreabriu meus lábios com tua língua bifurcada e regurgitou em minha boca uma porção de maçã mastigada, que desceu rasgando por minha garganta.

Então aconteceu.

Quando recobrei a consciência, cobri-me, totalmente tonta, percebendo-me pecadora. Os ecos, que antes vinham baixos, berravam por todos os lados, chamando meu nome de maneira tão aguda e forte que o chão tremeu e o céu de nosso jardim se cobriu de rachaduras.

Firmeza, sereia, juntei muita firmeza para conseguir me levantar, te abraçar e partir. Dentro de mim, tudo que eu era se quebrava: meus pés se agarravam ao solo e se recusavam a te deixar, mas eu devia prosseguir. Eu sabia, e você também, que precisávamos perseguir aquelas vozes e ganhar mundo para que pudéssemos, depois, farejar o rastro uma da outra para nos reencontrarmos. Em meu peito, dilacerado, batia a certeza de que, por mais que eu me bastasse em nós, em nosso segredo, o universo me chamava — como sempre fizera, sereia —, cifrando seus mistérios por baixo da nota que você entoava e que, durante muito tempo, havia se sobreposto às outras melodias, aos outros ecos. Sim, teu canto me acordara e me fizera explodir em um big bang, mas ele também plantara em mim a semente que somente germinaria fora de nosso paraíso, além dos limites de nosso horizonte tão estreito.

Para me proteger, minha voz e minha vontade me empurraram para longe do portão dourado de nosso Éden e me forçaram a perambular, eu, peregrina em busca da pureza de antes do pecado. Por mais que eu devesse te desquerer por um tempo, é claro que eu te amava. Eu te amava tão quente e tão profundamente que desejava que você pegasse minha mão e me acompanhasse pelas trilhas que eu começava a traçar para meu futuro, mesmo que elas atravessassem o inferno. Na verdade, eu queria que minhas pegadas sempre estivessem acompanhadas das tuas e que teu cheiro fizesse casa em meu travesseiro, como lembrança ou destino, mas eu precisava aprender que havia a aceitação que eu encontrava em teus lábios, em teu sexo, em teu carinho, porém também existia eu, o que eu queria e quem eu era. Como eu podia ser a pessoa certa para você se eu não tinha força para dizer sim para mim mesma? Como eu podia me encontrar na voz que vinha de tua garganta se a minha estava calada, cantando no coro, quieta, com medo de um mundo que todos diziam ser meu inimigo?

Coragem, sereia, tive que ter muita coragem para me encarar no espelho. Em meus olhos, encontrei o brilho que vi durante minha infância, quando as coisas ainda eram permitidas e as amarras, deixadas um pouco mais frouxas por eu ainda não precisar ser a ungida. Em meu sorriso, resistia o amor que fervia meu sangue e me afogava na adrenalina de correr para teus braços sempre que possível, sempre que ninguém estivesse vendo, mas nele, também, achei uma trinca, uma rachadura. Por quê? Por que eu tinha que celebrar em segredo? Por que eu precisava me esconder nos vãos das pálpebras, por trás das portas? Por que eu, você, nós não poderíamos nos conectar de verdade e viver o que quer que viesse a nosso encontro? Assumir nosso amor para o mundo?

Enxergando-me imperfeita, rachada, eu me vi humana e, para o meu reflexo, sereia, eu disse sim. Aceitei, em mim, minha voz, que queria cantar para o mundo inimigo, para o mundo que o coro sempre pintara como ameaça e desgraça, o oposto do arrebatamento que eu sentia em teus sussurros. Aceitei, em mim, a vontade de querer devorar o desconhecido e o desejo do mesmo sexo, a certeza de me fazer inteira em outra mulher. O amor que não ousa dizer seu nome? Ah, sereia, eu alcançaria a fama só para escancarar que meu amor tinha nome, sim, e era o teu. O teu.

Diante do espelho, aceitei a mim e nós duas, porque não havia como voltar atrás, como desfazer minha gênese. Para o meu reflexo, para o meu corpo, para o meu desejo, eu disse sim, disse sim para tudo e a verdade me libertou, me libertou inclusive para entender que se você quisesse correr de volta para nosso jardim e continuar se escondendo, era um direito teu, porque, enquanto vivíamos em nossa bolha, acolchoadas e acolhidas em nossos sonhos de tons pastel, nada podia nos derrubar. Quando morávamos lá, fechávamos as janelas, encostávamos a porta e estávamos em nosso universo, naquele lugar onde as estrelas se aninhavam sobre teus cabelos só para eu te achar mais bonita, onde as buscas sempre terminavam com meus lábios colados nos teus e com orgasmos múltiplos e fogos de artifício.

Mas eu, eu, sereia, eu não podia mais, porque, junto com a maçã, você havia feito com que eu engolisse o certo e o errado, o bem e o mal, o bom e o mau. O veneno que você injetara em minhas veias me fez ver que o universo que eu havia me tornado continuava se expandindo, esticando seu tecido para lugares cada vez mais distantes, aos quais eu chegaria, muitas vezes, por caminhos que não me trariam de volta a você.

Assim, depois de nossas solitárias jornadas — durante noites muito longas e por estradas muito isoladas —, nós nos encontramos e, de mãos dadas, retornamos a nossos recantos para estremecer-mos como antes, mas nossa febre havia arrefecido, e nossos gozos, desafinado. Tentando recompor os compassos de nossa sinfonia dissonante, eu me perdia nas partituras que havíamos composto com o mundo e, ao escutar tua música no conjunto, encontrei. Lá estavam, em teu olhar, em tua pele, no céu de tua boca, as trincas que varreram nosso paraíso, as rachaduras que roubaram a per-feição de nossos dias, a paixão de nosso hálito. Te enxergando tão frágil, tão franzina, me senti mesquinha por querer mais, mas eu me entendia maior, eu, um antônimo preciso para tua pequenez.

Te encarando, sem receio nem desvario, percebi a esterili-dade em teu, em nosso êxtase. Estávamos próximas de nosso der-radeiro estertor? Chiando e tossindo o pouco que ainda tínhamos da outra em uma bola sangrenta de nada? Onde estava a adrena-lina da urgência de ser clandestina para poder te ter? Como beijar teus lábios, como procurar a mulher que eu amava antes de nossa queda se eu havia mudado, se eu não tinha mais medo, se eu tinha percebido que eu não era pecado?

Mas nós fingíamos bem, não, sereia? Por preferirmos não enxergar as rachaduras no céu, no chão, nos contornos concretos que achávamos que havíamos criado para nosso cosmos, para nos-sos corpos, fechamos os olhos e decidimos não perceber os beijos sem gosto e a mudez no gozo. Assim, de mãos dadas, teus dedos mornos nas minhas palmas, te senti fria pela primeira vez.

Por termos quebrado o encanto e o deslumbramento do prin-cípio, deixamos nossos esconderijos e nos tornamos seres sociais. Assim, um dia, em volta de nossa fogueira e acompanhadas pelos ecos que nos chamavam, pelas vozes que havíamos apren-dido a chamar de amigos, falamos sobre o futuro, derramamos nossos desejos e nos inebriamos de esperança. Naqueles sorrisos, aprendi que aquele livro preto e pesado não era preciso e que dele eu não precisava, pois o mundo era bonito, e respirar sua beleza me bastava.

O problema, sereia, foram os sonhos, o futuro. Eu queria voar longe, voltar a flutuar no céu escuro do meu universo e queimava de desejo por me tornar, mais uma vez, um buraco negro, uma força incontrolável, mas você, não. Naquela época eu ainda não sabia, mas, na frieza do teu olhar, meu destino se desenhava. Distante, sempre apartada, teu corpo, como ímã, se afastava e, por código Morse e sinal de fumaça, confessava que teus pés ansiavam por chão e segurança, e teu futuro, por véu, grinalda e uma aliança.

Assim, uma noite, maravilhada por me ver completa fora de ti, pairei sobre as águas. Flutuando acima de mim, de nós, dos outros, me reconectei com meus ecos, minha voz e minha vontade ao comungar do canto e do calor de corpos e corações que não os teus. Calma, conversei sobre meus sonhos e confessei meu desejo de conquistar o mundo, até encarar, muda, teu olhar de censura, que me condenava de cara e me cobria de culpa. Naquele segundo, os sons a nosso redor se distorceram e teu rosto, tua face graciosa, perdeu o foco e se tornou um amontoado de amargura. Para você, sereia, longe do livro, calada para o coro, eu era uma ameaça: se eu partisse — e eu podia, eu queria partir —, você sobraria e, sozinha, voltaria para o louvor, para as tantas máscaras do Senhor. Ah, sereia, minha sereia, se você soubesse como eu ardia de vontade de voltar para meu universo, para o espaço infinito de espanto e inspiração que eu havia criado para parir a mim mesma, para vestir minha voz, minha vontade e, principalmente, minha verdade, você teria reparado que não podia competir comigo e, quem sabe, teria me aproveitado um tanto mais, mas, naquela época, não sabíamos. Naquela época, éramos apenas noite, neblina, uma escuridão que, feroz, nos entretinha com um rascunho de um capricho, nada mais.

À sombra de teu egoísmo, de tua vaidade, a terra tremeu e transformou tudo que tínhamos. Os dias de tranquilidade e tesão haviam acabado porque, depois da maçã, depois da maldade, devíamos, como profetizado no livro preto e pesado, ser punidas: expulsas do paraíso, precisávamos vestir nossas túnicas de pele e encontrar uma paragem para padecermos juntas.

Sob uma tempestade terrível, saímos para aceitar nosso destino: a dor de nosso fado seria muito mais cruel — o gosto da maçã nos proibira o gozo e nos enchera com a consciência de nossa cegueira, de nossa fé em crenças covardes, que nos chamavam de pecado, que nos confinavam em um ciclo de crime e queda, que não nos permitia nenhuma reabilitação. A sentença que nos fora dada, na verdade, a minha, era te ver do outro lado da liberdade, ainda apegada à segurança dos salmos e ao silêncio assegurado pelo segredo, pela espessura das paredes do templo.

Ah, sereia, como ignorar teu olhar de desprezo, teu pouco-caso por meus planos, tua tentativa de me manter presa ao pequeno? Ali, naqueles poucos segundos, entramos em um acordo tácito e firmamos nosso novo testamento: caminharíamos juntas, pelo tempo necessário para expurgarmos a doença de nosso desejo, e ignoraríamos o abismo que havíamos aberto entre nossas aspirações, entre nossas almas, em nosso amor.

DILÚVIO

Eu sei que eu sou de lua, dilúvio, difícil
Me empurra e eu já tô no precipício
Nem vem me dizer que não
Quando eu sei que sim
Eu não quero mais ficar nem um segundo só
Do jeito que eu tô
Minha garganta dá um nó
E eu nem sei o que te falar
Yeah, yeah
Então mente pra mim
Quem sabe assim
Você finge que se importa
Fala pra mim
Quem sabe no fim
Você não me vira as costas

Me engana
Me leva pra tua cama e me diz que
Talvez a gente se ama

Você me deixa estranha, mas tô feliz
De tá aqui do seu lado
Posso ficar no seu quarto?
Não me parece errado
Então me deixa ficar
Me deixa ficar

Me deixa pra lá, se quiser, sei que quer
Que eu vou ficar bem, bem-me-quer, malmequer
Te levo comigo pro que der e vier
Só falta você

Então mente pra mim
Quem sabe assim
Você finge que se importa
Fala pra mim
Quem sabe no fim
Você não me vira as costas

Me engana
Me leva pra tua cama e me diz que
Talvez a gente se ama
Você me deixa estranha, mas tô feliz
De tá aqui do seu lado
Posso ficar no seu quarto?
Não me parece errado
Então me deixa ficar
Me deixa ficar

Desabrigadas, órfãs de nosso paraíso, peregrinamos sem rumo, guiadas apenas por nossa dependência, que sobrevivia nos torturando por não conseguirmos nos libertar dela.

Como sequela de nossa queda, veio a temporada do desconsolo, do desespero. Despertas de nosso sonho, nada mais havia da antiga magia para nos salvar e, enquanto caminhávamos, o mundo secular me invadiu como se quisesse se vingar da volúpia que me varrera como um torvelinho. Meus olhos, desencantados, encaravam a paisagem que se abria à minha frente e se perdiam na novidade, no cenário que se descortinava como um entressonho: a cidade se abria para mim com seu charme de meretriz, farfalhando suas asas de mariposa em frente às luzes que piscavam como pirilampos cintilantes. Com seu sorriso safado, ela mostrava meu reflexo em poças de óleo de motor, em retrovisores quebrados, em vitrines vazias, brincando com minha vaidade, com minha vontade de espetáculo, revirando-me com a vertigem da fama. Cheirosa, ela me acertou com a zarabatana de sua voz macia, ecoando meu nome, minha voz, minha melodia por todos os seus megafones e buzinas, despertando minha atenção ao imitar teu canto, sereia, ao entoar minha canção por seus cláxons, por suas sirenas.

Mesmo seduzida pela incandescência das possibilidades, pela cidade que me pegava pela mão e me puxava para o canto, que enchia minha boca não só com sua língua, mas também com seu encanto, segui. Dentro de mim, a metrópole chamava, prometendo-me que poderia, finalmente, ser voz, vontade, vertigem e voragem, sereia. Apesar de cantar um pouco acima de teu tom, ela me viciou em suas promessas e, na hora do pagamento, me encarou com olhos frios e fosforescentes, sanguinários, que me pediam a imolação da primeira, da companheira, como passagem para passar pela ponte que permitiria que eu me profissionalizasse.

Preferindo o mal menor, a dor conhecida, continuei a teu lado, frustrada, diminuída, porque eu havia provado do peito do pecado e ainda carregava em meus lábios o gosto do leite da boemia. Emburrada, muda, lavei meu corpo tentando sentir nojo, mas aqueles sonhos estavam em mim como ferida e premonição — a palavra do oráculo gravada com ferro em brasa em minha pele, correndo decomposta em notas pelas minhas veias.

Sem conseguir renegar meu erro ou retornar à inocência de antes da maçã, de antes da consciência, peguei tua mão e, pesarosa, me deixei levar pela urgência do próximo passo, do precisar continuar em frente para me esquecer do que deixava para trás.

Pelas ruas, pelos becos, procurávamos algum canto em que pudéssemos pousar, nós, imigrantes do inimaginável, do universo inventado que eu criara para poder te conceber, mas tudo era seco, até mesmo teu corpo, que rejeitava meu toque. Mesmo sem encostar em você, tuas mãos me repeliam, me renegavam, como se eu fosse culpada de nossa derrocada, como se eu perspirasse meu delito, o pecado de ter aceitado a cidade e abraçado o sonho da celebridade.

Tive que fabular, sereia, porque sem a mentira, sem uma distração para teus olhos, não haveria outra solução. Eu te amava, juro que venerava o chão que você pisava, mas a fama escalava minha garganta e se expressava como um grito, pululando em forma de uma paixão sobrenatural que me beijava e me seduzia em um frêmito infinito, ungindo minha testa com o óleo de suas promessas e lavando meus cabelos com um quê de sacramento. Batizada pela sagrada saliva do sucesso, do caminho que me conduziria ao som do aplauso, do reconhecimento no palco, eu me perdi. Eu te queria, mas também desejava que você tropeçasse no solitário que você sempre quisera no dedo, que se entregasse ao varão que salvaria tua vida porque, se você me trocasse por outro, por outra, eu não teria que fazer o trabalho sujo, não teria que confessar que havia cometido o crime de querer crescer.

Enquanto brigávamos, o primeiro relâmpago cruzou o céu, calado e candente, como se chamasse uma chuva comum. Vieram, então, os trovões, mas tua voz e tuas recriminações se sobrepunham aos estrondos, subindo pela atmosfera e esbravejando por entre as nuvens, só para reverberar melhor sobre minha cabeça e me meter medo.

Quando o dilúvio começou — para destruir debaixo do céu toda criatura que tinha fôlego de vida, não percebemos, porque estávamos ocupadas tentando transubstanciar uma à outra na essência da culpa, no bode expiatório que precisávamos sacrificar para absolver todos os nossos pecados. A água caía, cobria toda a cidade, mas, dentro de nosso quarto, não havia nada além do apetite voraz de vomitar a desvirtude na cara da outra. As gotas escorriam, tilintando em telhas, calhas e calçadas, alternando sua melodia metálica entre o agudo e o grave para compor a sinfonia desafinadamente desesperada de nossa desolação e de nossos desafetos, a trilha sonora de nosso segundo apocalipse, que permaneceria em nossos ouvidos por quarenta dias como uma maldição, um *tinnitus* pulsátil que nos lembraria da intensidade de nosso princípio de maneira ininterrupta.

Entre nós não havia conciliação. As palavras escapavam da minha boca como balas de menta e pólvora e se triplicavam na tua, escudo humano, que combatia com ódio, e disparava munição mortífera, expansiva, que atravessava meu colete, aflorava em minha carne e se desfazia em mil pedaços para me destruir mais fácil. Atrás de nossas trincheiras, espumando, nós guerreávamos com granadas que estraçalhavam nossa esperança ao espalharem seus estilhaços. Pensando no espólio, no que herdaríamos, marchávamos para nossa cela, nosso calabouço, onde pernoitávamos como detentas e, na solidão silenciosa de um suposto sucesso, de um arremedo de vitória que só surgia em nosso desvario, nós afiávamos nossa culpa, nosso ciúme, até ela se tornar censura e servir como estilete.

Quando atravessávamos nossas grades, éramos grandes e engravidávamos de estrelas, das constelações que soletravam nossos nomes nas alturas. Quando paríamos brilho, eu vislumbrava, por um átimo, os átomos, as moléculas, as ligações que nos levavam de volta ao princípio, ao canto puro, ao momento em que você me encantara e meu cerne se incendiou. Nos momentos em que nos amávamos e nos motivávamos somente por amor, éramos monstruosamente magníficas, pois movíamos montanhas para nos maravilhar com o mistério que morava nas manifestações de nós mesmas. Naquelas horas, éramos ainda parte do que fôramos no princípio, no paraíso, quando podíamos nos incendiar em segredo, sem medo de nós mesmas ou da máquina de moer milagres que consumiria nossa magia quando menos esperássemos, mas esses instantes eram poucos e raros.

Na verdade, sereia, havíamos nos transmutado, e o que sobrara de nós, a carcaça de nossos corações, havia nos trazido à encruzilhada em que nos encontrávamos. Ao sairmos pelos portões, nos transfiguramos em mulheres diferentes, opostas, em quase todos os sentidos, às Evas que andaram pelo paraíso em sua nudez e ardor, e em nós o que permanecia era a saudade amarga de nosso passado, do tempo que antecedeu o conhecimento. Antes da maçã, antes de sabermos, podíamos sobreviver como um segredo, afinadas, etérea e eternamente, na clave que melhor traduzia nossa canção. E, ah, como eu tinha sede de teu canto, sereia... Havia os ecos, havia o mundo, mas era de você que eu tinha fome.

Conforme o calendário emagrecia, nosso drama nos sequestrava e nos ensurdecia para a tragédia acontecida para além de nossa clausura. A vida, para os ecos, para os outros, seguia, mas a nossa, em nossa antiarca, jazia suspensa: a água invadia absolutamente tudo, afogando e aniquilando o que quer que houvesse fora de nosso drama, mantendo-nos cativas de nossa casa, de nosso caso, de nossa calamidade.

Na época do dilúvio, éramos difíceis. De lados opostos da sala, debatíamos nossas diferenças e nos digladiávamos motivadas por nossa dependência. Durante nossas discussões, nada havia que nos demovesse do desejo de torturar, pois fervíamos pela dádiva de ferir, de corromper a carne uma da outra com nossas queixas. Naqueles dias, não nos bastava a briga: queríamos o cataclismo, pois nosso vício na dor nos cegava para tudo que não fosse a devastação que nos mantinha vivas por requentar nossa mágoa mútua. Assim, nossas conversas eram monólogos declamados para as paredes, pois não nos ouvíamos — o que nos motivava, na verdade, era a chance de fincarmos nossas garras uma na outra, de tirar sangue, de fazer chorar.

Ao cruzarmos o portão, trouxemos conosco um pacote que continha os pecados que germinariam no solo fértil de nossas entranhas. A partir de nosso primeiro passo, plantamos em nossos peitos as sementes que regurgitamos depois de engolirmos a maçã e, durante a tempestade, regadas por nosso dilúvio e adubadas por nossa desilusão, elas cresceram e nos sufocaram, enrolando e enraizando suas ramagens sobre nossas razões. Para nós, naquela época, antes mesmo de eu ter sido seduzida pelo feitiço fantástico da cidade, o medo do desconhecido, do não saber se nos bastaríamos, se manifestava de maneira maléfica, pois nos forçava a fabricar a fantasia de que nosso fascínio residia eterna e tão somente em nossa falta de fôlego, na tontura de nossa primeira troca de olhares, no arrepio irreproduzível que não se repetiria nunca, nunca mais.

Nossa desilusão, a perda definitiva do sentimento de sermos perfeitas na perspectiva da outra, nos lançou na caçada pelo impossível, pois nosso paraíso havia sido deixado para trás e nossos horizontes estavam trincados. Ah, minha sereia, quando reparamos que éramos apenas personas e que nossas peles de Eva eram postiças, tudo veio abaixo. Ao enxergarmos além da ilusão, ao nos vermos meras miragens de nós mesmas, relampejamos, trovoamos e congregamos com a tormenta que cobria o céu de nossos sonhos, que eram tão discrepantes quanto nossas presenças. Mas, em nossa vaidade, na impossibilidade de reconhecermos nossos erros e de recomeçarmos — juntas ou separadas —, deslembramos nossa falibilidade e renegamos o fim, porque precisávamos do desgosto, da dor. Ah, sereia, em nossas brigas, você entoava teu canto atordoante, doce, e eu retrucava arremessando memórias e momentos nas paredes porque, em meu desejo, em minha dependência, eu existia em teus pensamentos, experimentava tuas perversões e te examinava pelas tuas profundezas, em uma intimidade que me quebrantava e me empurrava cada vez mais para próximo do precipício, onde eu contemplava o pulo por segundos ou séculos — não sei até hoje.

Confesso, sereia, que a beira do abismo era o ambiente que eu mais habitava, porque meu desespero, o teu também, detonava nosso destempero e nosso delírio. Lá, perto do despenhadeiro, a um passo de despencarmos, desfilávamos nosso egoísmo e desatávamos os nós com que prendíamos nossas paranoias, que nos assolavam como pragas e se elevavam ao último grau: com suas curvas tentadoras e seus traços convidativos, nosso medo de nos vermos sozinhas, travestido de obsessão, invocava assombrações assustadoras, que rebentavam, sorrateiras, pavoneando seus lábios vermelhos, sua fala mansa ou sua carne macia para nos arrebatarem. Depois de conjurarmos a súcuba sedutora em nosso desvairado ritual de possessão mútua, alucinávamos a partida da outra e repassávamos o drama das próximas chantagens, porque nossa dependência pedia que aprovássemos até mesmo o ar que respirávamos, e nós, perversas, nos recusávamos a inspirar algo que não a outra. Era isso, sereia. Éramos adictas. Não conseguíamos viver sem o vício de nossas desavenças e, como nosso segredo nos impedia de enfrentarmos o mundo juntas, mantínhamos a outra presa para nos poupar do sofrimento de ter que pisar no solo sozinhas. Assim, sem alternativa, brigávamos. Chovíamos. Chovíamos que não parávamos, e nada nos fazia sair de nosso ciclo.

Em meus momentos mais desesperadores, por ferver em meu fracasso, eu fugia, evaporava e me condensava nas nuvens negras que insistiam em encobrir nosso céu. Te juro, sereia, não foi por mal, mas eu não sabia como não ser aquilo. Dentro de mim, eu era tempestade, violência, destruição. Eu precisava me quebrar para poder perdurar, mesmo que pulverizada, pois você, em minha vida, era tudo, mais que meus sonhos, mais que meu futuro. Você era a dopamina que me mantinha nos trilhos, apesar, ou talvez, por causa do delírio que se instalava como um estio sempre que teu gosto sumia de minha boca. Estar sem você, sereia, era perambular por um purgatório perverso e perpétuo que se configurava em meu coração sempre que tua presença se perdia e teu cheiro se esvaía, deixando meus sentidos órfãos de tua existência, que era o que me guiava e me tornava concreta. Ter teu espectro em mim, mesmo que apenas a fuligem do fogo que você inflamava em minha fantasia, era estar viva, era ter parâmetros para me permitir permanecer pairando ao redor de teus vestígios, porque você era assim: uma visagem que vagava por minhas veias e apavorava meus pensamentos.

Naquela época, enquanto chovia do lado de fora, eu procurava não me despedaçar ao me arrastar pelos cantos, mas quando teu canto reaparecia, ele abrasava meu apetite pela tua aparição e, incapaz de resistir à atração de tua cantiga radioativa, eu explodia e, novamente buraco negro, tentava te engolir, mas você evadia minha gravidade. Mais uma vez, te digo: não foi por mal, eu só não sabia como me defender ou como nos proteger. Como fugir de tua fagulha e de tuas labaredas se meu corpo inteiro era combustível e pedia para queimar? Encontrar-te sozinha era flutuar no olho de um furacão, meu corpo envolto pela estática do quase raio, meus pelos eriçados e meus cabelos em pé, adornados com as folhas, os galhos, as pedras, os papéis e o pó que você trazia e fazia girar dentro de mim no redemoinho que armava todos os gatilhos que geravam nossas guerras. Então eu cobria meus olhos para não chorar com a poeira e, indefesa, alucinava o encanto e a quentura que um dia você ventara pelos meus poros.

O problema, sereia, era que eu não conseguia desaprender a cidade, as possibilidades, o peso de poder, de verdade, cantar.

Eu queria, eu precisava, mas ainda estava apegada ao espasmo do êxtase passado, então, encarei os caminhos que se abriam à minha frente e, sem ar, tentei decidir. De um lado, a metrópole satisfazia minha sede e arrefecia minha fome com as galáxias com que presenteava minha voz e minha vontade de fama, mas, do outro, você, sereia, cantava e rebrilhava, cintilando em fogos de artifício em uma afronta a meu bom senso, vestida com todos os tons de minha vertigem e de minha voragem. Como deixar algo como você, que fosforejava e resplandecia de maneira tão sagrada, que meu ser doía quando não te celebrava?

Você via e entendia, sereia, mas eu também via e entendia a dor de termos conhecimento de nossas fraquezas e, por enxergarmos nossas falhas com tanta definição, não conseguíamos decidir se permaneceríamos em nossa ficção de perfeição ou em nossa realidade de rivalidade. Em nosso momento mais sombrio, mesmo querendo correr para lados opostos, vagamos juntas pela casa, pegamos todos os lençóis e os enrolamos como cordas, porque, se nos amarrássemos uma à outra, não nos separaríamos.

Presas pelas pernas, nós nos plantamos no piso e deixamos o tempo passar. Adivinhávamos que, lá fora, a chuva ainda caía, porque ouvíamos as goteiras que pingavam perto de nós, salpicando água, vez por outra, sobre nossas peles. Com o passar dos dias, começamos a sufocar. Tentávamos nos respirar, boca a boca, como sempre fizéramos, mas algo estava errado: eu via teus lábios azulados e sentia tua tontura, tua falta de fôlego, o resfolegar. Desesperada, eu me levantei e tentei ir até a janela, mas meu tornozelo estava atado ao teu e, ao tombar, me vi encarando o teto. Como havíamos chegado àquele estado? Por quê? Como? Quando eu havia deixado o berro da minha insegurança esbravejar de maneira tão ensurdecedora para se sobrepor à minha voz, à minha vontade? Em que fresta eu havia esquecido de mim mesma para ter a coragem de te podar, de cortar teu meristema só para te manter a meu lado? Por que eu insistia em permanecer, anulando-me e jurando, com os dedos cruzados, que me trancaria em um cofre e esqueceria da cidade para poder ficar?

Quando as coisas fugiram do controle, sereia, eu havia acabado de desamarrar nossos tornozelos. Ao olhar para o piso, ao perceber o barulho, já era tarde e não nos restava nada que não nadar, mas ainda não sabíamos e não tínhamos como adivinhar. A água entrava por baixo da porta, por entre as gretas, e invadia nosso espaço com seu cheiro de esgoto, seu gosto de passado. Pútrida e turva, ela vinha, beijando nossos pés, lentamente lambendo perna acima, até mordiscar nossas panturrilhas, impaciente e faminta. Sem reação, sentamos frente a frente e tentamos raciocinar. Em nosso vácuo, tudo era estéril, até mesmo nossas tentativas vãs, pois éramos nós e nossa barricada, os pregos toscos enferrujando nas janelas e nas portas entabuladas. Como sempre, conversamos, mas a água, indomável, continuava engolindo tudo, pressionando para subir, molhando nosso peito, mas nós, sem nosso paraíso, sem nosso céu sempre livre e límpido, nós tentávamos nos convencer de que nosso isolamento era nossa maneira de permanecermos puras e repletas de nós mesmas.

Até que vieram as lágrimas. Ah, sereia, quando as lágrimas chegaram, não houve mais como fingir que nossa utopia nos satisfazia. Não tínhamos mais referenciais que não nossos olhos, nossas juras, nossos gemidos, dos quais eu, sinceramente, já tinha me esquecido. No instante em que as lágrimas chegaram, a água sumiu. Como com os maremotos, ela escoou de uma vez, agarrando nossos corpos, que rolaram, batendo em móveis e nas promessas que tínhamos esquecido entre os talheres e os tapetes, nos vincos dos cobertores. Então veio o vento gelado e a onda, enorme, que arrombou nossa porta e destruiu nossas trincheiras, cuspindo-nos para o mundo exterior, jogando-nos em uma piscina podre e sem fundo dos restos da — nossa — criação.

No nosso evangelho, não houve voz divina, catequese nem instrução. Não sabíamos dos trezentos côvados, das rampas, dos três andares, dos animais ou do betume, do piche. Quando fomos vomitadas para fora do nosso refúgio, não boiamos, pois não tínhamos arca nem como arcar com as consequências de nosso encasulamento.

Tentando manter a cabeça fora da água, nadei até você e estiquei minha mão como salva-vidas, porque nada mais importava. Eu estava pronta, eu era o cordeiro, o primogênito, o sacrifício perfeito porque, por você, eu me enganaria para sempre e encenaria a peça mais primorosa jamais composta. Diante de você, meu palco e plateia, eu declamaria os versos, gritaria as falas que te convenceriam de que sofrer a dois era melhor que voltarmos a ser solitárias e impermeáveis.

Ah, sereia, se te salvei naquele dilúvio, se nadei até o trigésimo andar do prédio para te proteger, nadei para que, secas e seguras, pudéssemos persistir em nossa peleja.

NÃO GOSTO DE MIM

Seu vento me leva pra direção errada
O frio é meu favorito
Mas quando se trata de você
Nada pode me proteger
Você nem vê
E eu vejo que você não vê

Não gosto de mim quando eu tô com você
E eu penso no quanto que isso poderia ser
Meio problemático, matemático
Alta probabilidade de me foder
Coração partido é o que posso prever

Eu já me acostumei
A me sentir assim
Tanto que eu já nem sei
Se eu acho tão ruim
Assim, assim, assim

Vai levar um tempo pra eu me acostumar
A não te ter por perto
Nem sei se eu espero
Algo além de mim
Que não seja me machucar

Não gosto
Não gosto de mim
Não gosto
Não gosto de mim
Com você perto assim

No dia em que a chuva chegou, não entrevi seus efeitos, pois não entendia que ela era uma expressão de nossos extremos: amor e ódio, tudo ou nada. Na verdade, eu estava tão extasiada com a tua existência, sereia, que escolhi não enxergar nada que não nós: nós, só nós — e o universo como um apêndice de nossos corpos —, em vez de encarar nosso encontro como um evento urgente, brutal e contraditório.

Na época do dilúvio, eu ainda era jovem e, em minha inexperiência, não pude prever que a chegada de teu canto e, depois, a perda dele, tinha sido um episódio entre os tantos na corrente que brota e alavanca, muito além do bem e do mal, as forças contínuas e circulares de criação e destruição que formam o fluxo do eterno retorno. Comandada, inconscientemente, pela energia que me convencia a me entregar à violência do fim para encontrar o prazer e a novidade do meu recomeço, sorri para a cidade, que me acenava como o grito adormecido em minha garganta, e me entreguei à nossa guerra. Você também, sereia, por não compreender que nada permanecia e que a única constante era a mudança, se apegou às versões de nós que havíamos criado entre quatro paredes e se cristalizou em um momento perfeito, naquela sensação de calor e falta de ar que ocorrera exatamente antes de nosso primeiro beijo. Quando você decidiu não me acompanhar e preferiu se manter refém daquele um segundo, já devíamos ter desistido, pois não havia como sobrevivermos em um êxtase não consumado, em um eterno estado de quase. Você sabia, sereia, é claro que sabia. Não podemos não ser lúcidas a ponto de não reconhecermos que estávamos condenadas, desde o início, a correr em círculos e a não chegar a nenhuma conciliação: enquanto você levitava em animação suspensa, eu queria o chão, uma realidade estrelada, a possibilidade de gravar meu nome na eternidade. E como conseguir isso sem trocar de pele, sem acompanhar o infinito girar da roda do tempo, o serpentear cíclico de ponteiros que sempre nos mantêm, com sua gravidade, na órbita da perpétua repetição?

Desculpe, sereia, mas, na alvorada do alvoroço que tua aparição inoculou em mim, minha alma se alheou e não atentou para as alegorias que pariram quem sou hoje. Na realidade, a versão de mim que te amou no passado, em sua singela cegueira, não soube se perceber como uma peça ou uma persona — melhor, como um padrão ou um pequeno passo na jornada infinitamente recorrente de minha existência. Então, em minha vontade de poder, porque eu queria mais, e tudo, e sempre, deixei-me levar por um devastador desejo de permanência, de estabilidade, que seria a semente da minha, da nossa queda, pois não tivemos presença de espírito para reconhecer a liberdade que residia em abraçar a certeza da mudança. Assim, transformamos nosso amor em um fruto que nunca deveria amadurecer, pois, se ele se mantivesse congelado em seu estado inicial, no estágio turvo e turbulento de nosso início, quando sua carne ácida ainda era verde e virgem, intocada pelo acaso, a paixão não pereceria. Se pudéssemos prendê-lo em nosso princípio, quando, no lugar do verbo, o que existia era apenas a incandescência de nossa comunhão, de nosso segredo, nossa vida invisível permaneceria encoberta até para nós mesmas, e isso seria o bastante. Lembro-me de como, na época da inocência, nós nos perdíamos explorando nosso paraíso e peregrinando por nossos corpos como se permanecêssemos a um segundo do sagrado, sempre em estado de quase iluminação. Naqueles dias, não pensávamos na possibilidade de sermos um desastre ou um desatino, pois nos nutríamos do desejo de devorar, de permanecer em perpétua explosão. Mas, veja, sereia, como podíamos viver nos consumindo continuamente, criando nada além de um vazio, um vácuo destrutivo?

Hoje, passado o passado, passada a paixão, sei que a energia que empregávamos na propulsão de nossas pulsões era excessiva e que, um dia, nos extinguiríamos. Mesmo assim, não me arrependo, porque me repito e me refaço, dia a dia. Não sei se você se recorda, sereia, mas o próprio livro preto e pesado me explicava como parte inseparável do cosmos e me espalhava, em capítulos e versículos, para o dia que teus olhos quisessem ver: o que foi voltará a ser, o que aconteceu ocorrerá de novo, o que foi feito se fará outra vez; não existe nada de novo debaixo do sol. Se até mesmo as escrituras nos recomendavam o renascimento, por que partimos à procura do impossível? Por que precisávamos exatamente daquilo que, em sua gênese, em seu cerne, continha uma leveza de peso insustentável, que nos estraçalhava de encontro à realidade, à impossibilidade da leveza pesada ou do peso leve?

Sabe, sereia, nem sempre o paradoxo é possível, mas, no período em que perecemos, éramos imaturas, e nossos seres ficcionais perdoavam todos os pecados do pensamento, pois desejavam o fogo, o conflito, e não a fortaleza, a constância — a aceitação da mudança. Assim, em nossa fome, em nossa falta de experiência, decidimos pela limerência, pela fantasia exacerbada do amor, e, sem sopesar nossas exigências, nossas expectativas, evaporamos, sublimando a expressão do embate entre nossos extremos — peso e leveza, amor e indiferença, ficção e realidade —, que se materializou como uma tempestade épica, um colosso de nuvens negras que nos atormentaria, trovejando nossas falhas, e nos transformaria de alguma forma, mesmo que para nunca mais.

Confrontadas pela inevitabilidade e pela iminência da calamidade que se irradiava como um calafrio, subimos ao céu e nos travestimos de vapor, nos condensando e transbordando a tristeza e o terror que nos impregnaram diante da vertigem que reivindicava uma resposta, um passo — para trás ou para o fundo. Como reagir, sereia, perante a percepção de que eu chorava pelo chão, pelo peso, pela realidade, mas você ardia pelo ar, pela leveza, pela fantasia?

Ante o precipício, eu me entreguei ao pranto por me sentir carente de teu canto. Para onde havia ido a melodia que matava marinheiros? Onde estava tua brisa, que ventava sobre mim e chegava carregada de ecos, condensando-se em uma garoa ácida e fina, diáfana? Naquela época, sereia, por ser ingênua e julgar que todo carinho devia ser cultivado — cultuado? —, eu acolhia teu hálito em meus lábios como se comungasse de algo sagrado, sem saber que o sabor que sobrava era salgado. Eu, cega, entregue, não me lembrava de que aquele sal molhado só era encontrado em lágrimas, nas minhas. Hoje, depois de toda a melancolia do luto que se instalou em mim após tua partida, recordando-me dos vislumbres que tive de teu centro, de tua matéria, posso, por mais que corte minha carne, afirmar: ah, sereia, você sempre ventou sobre mim com sabor de saudade, de separação.

Durante o dilúvio, chovemos a perda do prazer, do pertencimento. Pior, nos precipitamos pela perda da esperança, pela privação de podermos nos apegar a uma promessa impossível e a um plano desimportante escavados no vácuo inventado pelo silêncio de nosso segredo, que não permitia que eu te revelasse, que eu gritasse teu nome pela minha janela, que eu te cantasse em letra e melodia. Ah, sereia, querer eu queria, tanto, mas calei minha voz e minha vontade, porque via que aquela era uma vitória que eu nunca celebraria. Ao chover, ao deixar que nos destilássemos e nos derramássemos por dias e dias, deduzi nosso derradeiro desfecho: a minha derrota.

Assim, deixei que começássemos nosso conflito, porque eu já conhecia a conclusão de nossa catástrofe. Naquela época, eu não sabia, mas precisava te perder para tentar te reencontrar. Ah, sereia, eu era, eu sou ciclos e estou em perpétuo devir, em um estado de recomeço infinito, incapaz de impedir meu insaciável impulso de me reinventar, de me recriar, reencarnar e renascer — sempre a mesma, mas tão diferente. Ah, sereia, naquela época, quando quase nos afogamos em nossa própria chuva, eu não sabia, mas eu me entregava a meu instinto de me contrair para concentrar minha matéria até o ponto de pressão insuportável, só para poder explodir novamente.

Na época em que as lágrimas se derramavam das nuvens e ainda inundavam a cidade, eu me deixei levar pela volúpia de me destruir para me criar, continuamente, como Dioniso, que perecia no inverno e reaparecia na primavera. Na realidade, na pele mesmo, eu precisava perder, precisava padecer de uma dor destruidora, porque meu dever era o devir, o tornar-me. Sei que preferíamos permanecer em nosso paraíso, mas eu precisava, novamente, me parir, porque nós estávamos estagnadas em um estado que nos estragava: eu, explosão, queria gritar, te cantar, enquanto você, sereia, se escondia sob teu segredo, pois você, por não ver que todo desejo envolve devir, tentando escapar da transformação, passara a emanar a voz do silêncio, o ruído ensurdecedor da ausência de som, porque, para você, nós só seríamos, ou permaneceríamos, um casal se não nos parecêssemos com um par. Assim, por tua vontade, por trás das cortinas, debaixo das cobertas e entre confidências, éramos invencíveis, mas, perante o mundo, eu estava sozinha.

E, então, veio a inundação, que nos apanhou sem arca, sem nenhum deus para nos proteger ou nos guiar. Éramos nós e a água, sereia, e tua voz, emudecida pela correnteza que se formara muito antes do dilúvio, havia se extinguido junto com a luz que escorria de ti como o farol que me guiava pela tormenta que éramos nós duas juntas, que era nosso relacionamento. Quando tivemos que nadar, sem saber por quantos dias ainda choveria, afundamos e percebemos que não dava pé. Submersa no molhado do mundo, de pálpebras abertas, senti meu peso me puxar para o fundo e, de relance, enxerguei as serpentes que nadavam em tua direção.

Livre da letargia dos segundos que antecedem a asfixia, do conforto quente de perder os sentidos, puxei teu corpo imóvel para a cobertura daquele prédio e, desesperada, afastei os cabelos molhados de teu rosto. Em teu pulso, a marca das presas, os dois pequenos buracos dos quais ainda escorria veneno. Tua face desbotada, sem vida, pintou o cosmos com a cor do medo, e tudo se cobriu de trevas. Naquele escuro estranho, sólido e sórdido, que havia silenciado até mesmo as células do meu sangue, as mesmas que sempre haviam sussurrado a saudade do sabor do céu da tua boca, das estrelas em teus olhos, da pressa em tua pele, suguei teu ferimento, mas era tarde. Assim, sentada à tua frente, observei teus lábios, em câmera lenta, criarem bolhas iridescentes que se tornavam escaravelhos que voavam e se juntavam às gotas que desciam e escorriam sobre nós com o gosto da canção que você trouxera, um dia, em teu fôlego.

Sem alternativas, ajoelhei-me a teu lado e pressionei teu peito, porque eu precisava te trazer de volta, mas, em vez disso, em vez de te devolver a vida, voltou uma água suja, como lodo de esgoto, que escorreu da tua boca e se grudou em teu pescoço, peito e corpo e se espalhou pela cobertura como uma cópia da escuridão que encobria o céu e nos esmagava com seu peso, sua persistência.

Pressentindo o luto futuro, cobri meu coração de preto, respirei fundo e pesquei tuas notas silenciosas e mais todas as palavras delicadas que haviam se esvaído de sentido em tua secura de sentimento, porque eu precisava encontrar tua trilha e, na antessala morna e azeda da espera, com a ansiedade agarrada a meu corpo como uma criança cansada prestes a ser colocada na cama, compreendi que eu deveria me tornar Orfeu.

De olhos fechados, cantei, sereia. Pela primeira vez na minha vida, abri meus pulmões e permiti que minha voz encantasse pedras, plantas e pessoas, e abrisse as portas das profundezas do submundo, pois era para onde meu peso pedia que eu fosse.

Tremendo, como se tomada por uma febre, caminhei até encontrar teu espectro, que me esperava, imóvel, imaterial e, infelizmente, com uma figura muito semelhante ao ser que você também era — ou tinha se tornado — na superfície: uma casca falha e fútil. Ali, presa às promessas que não havíamos cumprido, aos gritos do segredo que para sempre permaneceria entranhado em tua garganta, procurei entender como nossos momentos brotavam dos poros de tua pele e evaporavam de teu corpo para se metamorfosearem no perfume inebriante da nostalgia extraída do almíscar das palavras que trocamos no embalo da saliva, enquanto tocávamos nossos lábios e entrelaçávamos nossas línguas, esquecidas da lógica e do concreto. Ainda que eu soubesse que minha busca era mais um desejo do que uma missão, peguei tua mão e te carreguei pelas mais terríveis cavernas e grutas do Tártaro. Mesmo com a pele escalavrada e os dedos nos tocos, escavei fendas e gretas, escalei cantos e escarpas e me forcei a acreditar que você me acompanhava somente por antecipar os ares de tua aura, por achar que era teu o hálito que assoprava atrás de mim. Admito, Eurídice, que o acordo era ardiloso e que aguentar não te adorar seria absurdo, mas aceitei. Para te alforriar de teu algoz, das garras de Hades, eu devia avançar sem te acarar nem por um átimo, mas, pouco antes de alcançar a cobertura, meu coração, curioso e cansado, cantou teu corpo e acendeu minha saudade, então te encarei para me assegurar de que você me seguia.

Com um grito agudo, você desapareceu, e eu sobrei, embaixo da chuva, ao lado de teu corpo, frio e oco, sem alma, sem amor.

Por dias, você vegetou, viva somente por algo muito vago, um vínculo precário e tênue que te continha em teu corpo. Eu, pasma pelo espanto de te entender quase uma estátua, parei e, como se cumprisse um pacto, te protegi, mas tua pele, parecida com pedra, e tuas pálpebras, preguiçosas, paradas, não pediam nem permitiam qualquer pena ou pesar, por mais apoucado que pudesse ser. Até que você acordou.

Do nada.

Sem aviso, sem nenhum vestígio de memória. Talvez você se ressentisse por eu ter te encarado, por ter te perdido tão perto de teu corpo, a um passo de chegar, mas, Eurídice, o que eu, Orfeu, poderia fazer? A história já havia sido contada: eu cantava, usava minha harpa e atravessava o Hades só para que nos desgarrássemos na saída. Em minhas encarnações dionisíacas, em meu me refazer e desfazer advindo do meu desejo de devir, eu me despedaçaria, me desestruturaria, mas também devoraria, e, naquele momento, você se recusava a me reconhecer e a me receber, e por isso, para isso, tinha erigido uma barreira entre nós. Se você não era minha sereia, se não era a Eurídice que eu tentara resgatar do Tártaro, como eu te definiria? Teus olhos estavam turvos e tenebrosos, talvez mortos para mim. Eu cantava, mas teus ouvidos, surdos, não notavam minhas notas, a música que eu exsudava para te encantar. Você não me enxergava, e eu não te experienciava como antes, então te entendi como uma esfinge e, por eu não poder te decifrar, nos demos as costas e nos desconectamos.

Sozinha, perdi a conta de quantos dias me pendurei com os pés para fora do parapeito do prédio. Naqueles dias, a água continuava subindo, subindo e, àquela altura, já lambia meus pés nos momentos em que eu me dedicava a assistir à desgraça do mundo. Minha pele, azulada nos lábios e na ponta dos dedos, absorvia o castigo da chuva, que se espalhava por meu sangue e meus tecidos como hipotermia, hipoxemia, hipoxia. Meu corpo, confuso, esticado no concreto, havia desistido. Naquelas gotas, no teu desprezo, eu me afogava e me entregava à taquicardia que contaminara meu organismo e extinguira minha fome, minha sede, minha voz, minha vontade, minha vertigem e minha voragem.

Ao longe, você.

Naqueles dias, enquanto a água caía e você se mantinha silenciosa, esfinge, em teu canto da cobertura, eu suava ódio e queria mais é que tudo terminasse porque, naquela época, eu intuía que tinha que mergulhar no fluxo e morrer para poder renascer cantando, então, continuei, subsistindo, em contagem regressiva. Portanto, durante o dilúvio, eu não era mais um universo, um buraco negro, mas sim uma bomba atômica vacilando durante a dilatação do *timer* do detonador.

O tempo corria, mas não era páreo para a minha pressa: tua partida tinha despertado uma voracidade de sentimentos que, em sua vontade de consumir, se contentaria com qualquer coisa, até mesmo com tua violência silenciosa, que vinha até mim como falsidade e chegava mais constante que a chuva.

Para não me afogar na solidão, eu teria vestido minha armadura e me apetrechado para a guerra, para a batalha em uma nova trincheira, mas o problema, esfinge, era que tínhamos companhia, e meu coração não tinha defesas contra aquele concorrente, contra aquele inimigo invencível, que era o inverso de mim.

No parapeito, com o peito apertado por um resto de paixão, eu manipulava órbitas para trazer cometas e meteoros, eu fazia galáxias dançar para chamar tua atenção, mas o céu continuava encoberto, e teus olhos se encontravam nos dele, naqueles que te dariam o tão desejado destino de princesa da Disney.

A chuva, gargalhando, sarcástica, mordaz, decidiu que se derramaria sobre meu desespero como um desaforo. Então, gelada, destilada em vitríolo, ela descia — não, ela desmoronava e escorria por minha cabeça, por minhas costas e por meus calcanhares, derretendo e se embrenhando, corroendo meu íntimo, obscurecendo meus sentidos. Encharcada, mais molhada que a própria enxurrada, deixei-me levar pelas alucinações da minha febre, pelo arrepio que não passava e, para não me perder de mim, para não perecer pelas mãos das mênades ou ser destroçada pelos titãs, reagi.

Se você, sereia-esfinge, fora quem destruíra meu navio ao direcioná-lo aos rochedos que circundavam tua ilha, eu sairia do meu naufrágio e nadaria para a costa, porque eu tinha que ser mais e estava cansada de deixar teu canto ofuscar o meu. Dentro de mim, eu ainda tinha minha voz, minha vontade, e minha vertigem e minha voragem despertavam o desejo doido de virar luzes de cinema, microfones de teatro, cortinas de palco, fantasias de Carnaval. Tudo em mim, até meus ossos, queimava com febre de fama e desabrochava para brilhar na ribalta, minha alma sublimada em lantejoulas e purpurina, em um glamour de reconhecimento que doía em minha garganta e pedia para eu me soltar, para eu te deixar e pular no precipício, escolhendo o peso, a realidade: a mudança, meu destino. Sereia, se eu decidi mudar teu nome, fiz porque não podia permanecer presa à tua melodia amalucada e muda, que se recusava a me chamar, nem que fosse de vez para o fundo.

Se eu não conseguia evitar minha reinvenção e meu renascimento no círculo do eterno retorno, eu verteria minha revolta, condensada em correnteza de ressaca, de tsunami causado pelo mais terrível tremor de terra, e te arrastaria comigo. Perante o precipício, dei um passo à frente e, sentindo o conforto do vento da queda, deixei que minhas outras versões invadissem minha mente e te enxerguei também, tuas outras, se transformando. Eurídice se desfez, se liquefez e se refez como a mulher de Ló, que desejei feita de sal. Estátua, por mais que nos faltasse Sodoma, nos sobrava a insensatez, a ansiedade de anteciparmos nossa separação, a animosidade de nos ferirmos para sentirmos alguma coisa, o que enraiveceria os anjos do senhor. Antes que eu pudesse invocá-los, antes que você pudesse olhar para trás, você se defendeu voltando a Eurídice e, mais uma vez, resistindo à metamorfose. Ah, ex-sereia, não adiantaria você se recusar a participar da parábola, porque minha boca se encheu do gosto da maçã que você me dera, víbora, e, por isso, me lembrei de tuas serpentes, Eurídice, especialmente daquela que te mordeu e te mandou para o submundo. Depois, me recordei das cobras nos cabelos das mênades, as mulheres que mataram Orfeu, teu marido, e, misturada aos mitos para aproveitar o arquétipo, mais uma vez, explodi: para te exorcizar, eu entraria em cena como ela, Medusa.

Sentindo minha vontade fluir pelas minhas veias, ordenei que meus cachos se movimentassem e se contorcessem, que tomassem vida e se tornassem víboras, pois eu precisava me vingar antes que Perseu, ou qualquer príncipe, me decapitasse. Se não em sal, eu te transformaria em pedra para poder ter você só para mim. Por que ser miserável e insistir no sofrimento se eu poderia me metamorfosear e me tornar mitológica?

Ah, presa, quando me decidi, ouvindo o chacoalhar dos chocalhos de minhas mechas, sibilei a sinfonia de meu ressentimento e caminhei em tua direção, seca para ir à desforra, mas, ao encontrar teu sorriso, ao entender teu braço no dele, ciciei uma súplica, e me desagreguei. Eu, tão acostumada à explosão, aos big bangs e aos *big crunches* que me faziam e refaziam tantas vezes, aceitei a carga de urânio e senti o clique do gatilho. Desintegrada em uma reação em cadeia, com uma pressão de um número impossível de atmosferas em meu epicentro, brilhei, incandesci, cem vezes mais cintilante que o sol, fervi o mundo com meu um milhão de graus e reverberei mais alto que vinte toneladas de TNT. Depois do primeiro estrago, subi ao céu como uma nuvem de cogumelo e, tóxica, me precipitei sobre a cidade como cinzas radioativas, que cobriram a cobertura do prédio e plantaram nosso terceiro apocalipse, que reguei com a chuva negra de poeira e fuligem que persistiria com seu veneno até que ela também se transformasse, como eu.

Para poder encarar tua decisão, tive que destruir meu mundo para conseguir recomeçar, porque você, detonador, havia escolhido tua ficção e se sentado ao lado do príncipe encantado no trono dourado que era a única coisa que parecia brilhar naquele fim de mundo, naquele fim de tudo. É doloroso, confesso, mas te juro, princesa, que vislumbrar você com teu vestido cor de sonho e com tua coroa cintilante foi a visão mais bela de minha vida, mesmo que teus lábios abrissem um sorriso um pouco torto, pendendo para o lado em que eu havia plantado tantos planos junto com meus beijos.

Naquela época, imersa na radioatividade da minha cegueira de ciúmes, nem tentei entender teu desejo duplo, a necessidade daquela dualidade tão desconfortável para mim. Em meu egoísmo, eu precisava ser única, a única, tinha que deixar de ser o segredo que se revelava somente na tepidez da escuridão, na intimidade de ser tua confissão, teu pecado. Assim, no baú de teu quarto, entre os versículos que você grifava, nas mensagens cifradas que eu te enviava e nos poucos metros quadrados que compartilhávamos, eu era o lado mais fraco e, para me proteger, em vez de me assumir no papel da bruxa má, virei a maçã envenenada. Na verdade, eu havia aprendido a utilizar tuas armas e, agora, te assombrava como a carne, o corpo de mulher que havia te intoxicado com um desejo que não cabia em tua rotina, em tua versão da realidade, que era tão cor-de-rosa e controlada.

Ah, Branca de Neve, como eu me rebaixara de big bang a coadjuvante de fábula? Pior, como eu havia visto tragédia grega em um mero conto de fadas? Em retrospecto, reconheço que eu não era a vilã, muito menos a bruxa, a madrasta ou a maçã. Bomba nuclear? Nunca. Na verdade, eu me explodi para encarnar a mulher que sou hoje, aquela que se permite, que merece, que transforma a si e à realidade ao seu redor para que seus desejos, seus sonhos, seu amor sejam possíveis. Ah, princesa, princesa, durante o dilúvio, naqueles dias, você ainda era tudo e, se necessário, se o sacrifício me garantisse um final feliz, eu mesma engasgaria com a maçã ou espetaria meu dedo na roca de fiar, entende? Mesmo assim, mesmo sabendo que nossos sonhos nos levavam a estradas que não seguiam juntas, eu tinha que me jogar aos leões e cantar para esperar o milagre acontecer, o que eu faria de bom grado, mas ver você com ele, que cabia como o mundo em teus braços, me destruiu, pois traduziu, em letras garrafais, que eu terminaria sozinha, que não seria a tua a cama onde eu sempre iria me deitar.

Sabe, princesa, antes de eu compreender meus ciclos, minhas explosões e implosões, eu nem imaginava que as pessoas podiam ser tão mesquinhas, tão desonestas, por assim dizer. De olhos fechados, atrás das portas, embaixo dos cobertores, você me amava e o mundo era puro arrebatamento, mas, de olhos abertos, dentro do palácio, tua família celebrava o príncipe e recebia o varão que geraria o herdeiro que salvaria o reino e confirmaria o comportamento correto, aquele que nunca buscava o corpo igual ou o amor, independentemente de X ou Y.

Ah, Aurora, durante a chuva, como eu poderia entender que, enquanto eu estivesse contigo, continuaria sendo uma combinação de rainha má, bruxa e fada madrinha, pelo menos a teus olhos, pelo menos sob tua influência? Depois do príncipe, entre nós, toda a magia, toda a poeira cósmica que eu havia usado para nos criar, tinha sido desintegrada com tua voz de vertigem, com teu canto e com tuas escamas. Onde estavam teu gosto de sal, teu cheiro de maresia, tua melodia de maré mansa? Como eu conseguiria processar o jeito como teus olhos se eclipsavam quando eu te encarava e tua temperatura caía quando eu te tocava?

Arrastando meu fardo por um umbral de ansiedade e agonia, com os pés pesados por não saber onde pisar ou como percorrer aquele caminho tão desconhecido, eu insistia em calcular o momento em que tudo dera errado, o exato segundo em que aquela centelha se apagara. Ao mesmo tempo, presa em meu poço de expectativas, minha vontade insistia em instigar meus instintos e a me mandar seguir teu rastro, mas minha voz gritava — com você e por você, porque eu sabia, Cinderela, que teu sapato de cristal estava reservado para outro, alguém que te daria um futuro respeitável. Mesmo naqueles tempos, eu sabia que meu nome nunca constaria em um convite para o teu baile e que, em nossa história, em nossa fábula, nada faria com que meu beijo fosse aquele que te despertaria no final.

Infelizmente, princesa, por mais que eu não admitisse, e, de fato, creio que meu crime foi não acreditar que o que tínhamos nunca havia realmente começado, eu sabia que minha magia não era suficiente para tocar teus lábios e quebrar a maldição para te acordar e salvar teus súditos, porque o que tínhamos não era amor.

Muito menos amor verdadeiro.

Sinceramente? Quando vi o jeito que teus lábios se encaixavam nos dele e a forma como teu corpo respondia, não consegui continuar. Do lado de fora do castelo, olhando somente pela janela, eu podia ouvir como tuas células dançavam e compunham cantigas para comemorar aquela comunhão para a qual eu não havia sido convidada — e nunca seria.

Desolada, desabei. Deitei-me do outro lado da cobertura e olhei para as nuvens e para as pedras de granizo e ouvi os trovões, que não cansavam de cantar tuas exigências descabidas e carências descontroladas. Na claridade que riscava o céu, tive certeza de que você alimentara, com requintes de crueldade, o monstro que morava dentro de mim e trocara meu buraco negro por uma horda de demônios desesperados. Princesa, se te digo que havia dias em que meu nome era legião é porque as criaturas que haviam se embrenhado em meu espírito me seduziam com tua voz e enfeitiçavam minha vontade, fazendo com que eu me perdesse de mim mesma e que meu universo passasse a ocupar apenas o espaço entre minha boca e a tua, especialmente quando teu silêncio exalava indiferença.

Foi nesse momento, princesa, por mais que você possa não acreditar, que o céu se abriu. Depois de tanto tempo, o sol brilhou e cobriu minha pele com seus raios, esquentando meus músculos, que pareciam ter apodrecido junto com minha pele. Quase por reflexo, eu me belisquei, porque precisava saber se eu ainda estava viva, se ainda havia alguma possibilidade de sobrevida depois de você, depois de perder.

Assim, apesar de você, ergui minha cabeça, controlada, consciente de ter sobrevivido à radioatividade de nosso terceiro apocalipse. Na imensidão daquele silêncio plácido, deixei que minhas pernas cedessem e caí no concreto, finalmente certa de que eu veria dias melhores, que pisaria chão seco, que amaria novamente.

Ajoelhada, vomitei o resto da voragem e da vertigem que me invadiam quando eu voava na leveza de tua volatilidade, e sentei-me, vazia, observando aquele horizonte que se abria tão viável, até que a pomba pousou a meus pés.

ISSO NÃO É AMOR

LUCAS

Cê acha que eu não via
Eu me virava, cê me esquecia
E como eu me sentia mal
Quando aos poucos eu te perdia
Cê ficou achando que eu não percebo
Que eu nasci ontem, que eu tenho medo
E eu não vou ficar mais me escondendo
Eu já venci coisa bem maior

DAY

Ainda diz que eu faço drama,
Até que tenho fama
Vem que cê já não me ganha
Vem que cê não vai me encontrar
Você não vai me encontrar

DAY / LUCAS
Isso não é amor
Quero te dizer que eu nunca mais vou olhar na tua cara sem lembrar
Das coisas que cê disse ontem com a cabeça quente
A gente precisa de um tempo pra pensar

DAY
Eu não tô pedindo muito
Eu só tô pedindo pra pessoa errada
Mesmo que nada, yeah, yeah
Pode, pode, pode ir pra longe
Onde, onde você se esconde
Acha que eu tô te esperando
Mas já esqueci seu telefone
Baby, cê não me convence
Não fala do que sente
E me faz me sentir tão mal,
Intecional-mente pra mim,
Mente pra mim
Nem vou te ouvir

LUCAS
Ainda diz que eu faço drama,
Até que tenho fama
Vem que cê já não me ganha
Vem que cê não vai me encontrar
Você não vai me encontrar

Tanto tempo pra perceber a farsa que foi eu e você

Na manhã de nosso terceiro apocalipse, o sol brilhou novamente. Ao longe, bem tímida no início, a claridade surgiu e trouxe consigo o arco-íris que mudaria tudo e que, por coincidência ou decisão divina, coloriria a bandeira que se tornaria o símbolo de nossa separação, de nossa impossibilidade. O céu, antes tão cinza, tão sombrio, se abriu em um azul intenso que, em sua nitidez, sorria e secava a enxurrada, o desconsolo e a desesperança que estavam cravados nos átomos de tudo que me cercava, nas células do corpo que me fazia humana.

Então aquele raio de luz quase líquido se espalhou como uma onda de lucidez e colocou tudo em perspectiva, reajustando o foco e separando nossas fronteiras e nossos futuros, que antes me pareciam tão entrelaçados. Livre da expectativa irreal de perfeição que me assolara trazida pela descoberta do primeiro amor, levantei-me e encarei o horizonte sem as nuvens de nossas brigas e, finalmente, pude respirar e me sentir una novamente. Ao inspirar fundo o ar que inundou meus pulmões e me fez chorar como uma recém-nascida, percebi que toda a nossa odisseia havia sido produzida pelo exagero de minha ingenuidade adolescente e que, se eu quisesse seguir meus sonhos, todos aqueles que quase se afogaram com nossa chuva, eu teria que abraçar o peso e a realidade e largar tua mão.

De longe, voltei-me para trás, mas não virei sal. Com o coração aos pulos, vi teu sorriso, mais uma vez, encontrando o dele e reli a certeza de que nós nunca seríamos realmente um casal fora dos poucos metros mágicos de teu quarto, que havia nos abrigado por tanto tempo. Com o coração partido, eu me forcei a sorrir, mais uma vez, entendendo que nosso amor se decompusera como se a luz que banhava a cidade tivesse atravessado um prisma. Eu, sozinha, com o peito ferido e sangrando, tinha aceitado a liberdade que o sol me trazia, e agora teria que aprender a lidar com todo o espaço que você deixara dentro de mim, com o vazio que berrava que eu, arco-íris, devia me revelar após a tormenta para me reinventar e me transformar em beleza após tanto sofrimento.

Ah, meu amor, não sei nem como consegui me segurar em pé para poder partir. De frente para você, desencobrindo nossas diferenças, todas as discrepâncias gritantes que eu cobri com tinta cor-de-rosa para poder chamar de amor, entendi que o que nos separava não era eu ter abandonado o livro preto e pesado, que nem me incomodava tanto assim, mas sim o silêncio em teus lábios, a garganta muda, sem coragem de assumir seus sentimentos ou tomar minha mão para atravessar a rua, para encarar a vida. Livre de parte das ilusões, pude berrar meus sonhos naquela cobertura e me jogar de braços abertos de encontro à cidade, à realidade que se concretizava na calçada que seguraria meus passos até o palco que me aguardava — disso eu tinha certeza — em breve. Em um pulo, assumi o peso e pari meu corpo novamente, renovada, envolta na revolução de me refazer e me reinventar para satisfazer a força que me empurrava para longe de ti, a mesma potência que pedia para que eu fosse mais e que me seduzia a querer ser tudo.

Em um breve momento, nos poucos segundos que levei para aterrissar no cimento, perdi todos os meus referenciais e, em um piscar de olhos, o mundo se esvaziou de sentido: meus ouvidos ensurdeceram, minha visão se enturvou e meu corpo embruteceu, encarcerando minha voz e minha vontade, pois eu precisava me punir de alguma forma. Ao respirar novamente, com meus sentidos embotados e minha alma encasulada por uma autoimposta privação de apetites e ambições, aceitei habitar o claustro e me dessensibilizar, pois a verdade do que vivêramos se revelara muito mais tosca e trivial do que eu imaginara, do que eu conseguiria aceitar.

Enquanto caminhava sem rumo, procurando não me afetar pelos destroços que ainda caíam de mim, entreguei-me a um exercício de esquecimento, porque a ferida viva em meu peito precisava apagar, com um golpe profundo e seco, a estupenda euforia e o entusiasmo que ergueram, como a encarnação da mais entranhada reverência ao instante de tua chegada e à consumação de nosso encontro, monumentos imortais a nosso arrebatamento. Ainda surda para o mundo e muda para mim, acordei e contemplei minhas lembranças, estampadas nos grandes muros decorados com teu rosto, gravadas nas canções carregadas com teu nome, marcadas nos momentos escondidos em teu quarto. Por não conseguir me desprender de tua presença, decidi, como se eu me desse um tiro de misericórdia, reunir todas essas impressões e expô-las no museu da desmemória, porque eu me devia um recomeço, uma nova chance. Depois de examinar cada uma delas durante minha primeira e única visita às suas salas e seus corredores, deixei que meu centro explodisse, novamente, para que eu pudesse recomeçar e me reinventar. Sem que eu previsse, o terremoto se espalhou por todos os cômodos, expressando-se nas profundas rachaduras que se expandiram pelas fundações, paredes e teto e, em sua fúria inevitável, acabou derrubando, além de nosso passado, todas as ilusões que eu ainda nutria sobre nosso futuro.

Quando o mundo parou de tremer, andei por entre as pedras que ainda rolavam e encontrei tua face, morta, parcialmente coberta pelo pó e pelos escombros do lugar-comum que, para nós, em nossa inexperiência, era pura precisão — e zero perversidade.

Motivada por minha curiosidade mórbida, talvez até pelo desejo de dissecar o desastre no qual nos deixáramos enredar, revirei as ruínas do nosso romance e retirei os restos da quimera que, estilhaçada, se esfacelava sobre minhas palmas como neblina e subia aos céus como uma miragem, como uma ode ao desencanto que ainda vibrava sob a terra e persistia como um presságio da perda que se aproximava, mas que ainda não havia se materializado em minha carne como mais um de meus quases. Naquele momento, eu, apesar da confirmação de tua morte, ainda acreditava no caminho, na verdade e na vida e, por isso, esperaria, se preciso fosse, três dias, em vigília e jejum, ainda animada pela ânsia angustiante de teimar em amar, só para te ver ressurgir, sublime, sem nenhuma mácula nem maldade aparente, para me seduzir e me convencer a insistir no furo de nosso enredo, no erro que era nosso relacionamento. Assim, vestida com o manto negro de meu pré-luto, mas ainda respirando esperança, recuperei teu corpo e te cobri com uma mortalha costurada com retalhos de nossos retratos e com pedaços de nossos pecados porque, no meio da desolação que me cercava, somente as sobras do que sonháramos me estavam à mão. Depois, com uma esponja molhada na água que ainda escorria pelas calhas dos prédios e das gotas que estalavam, alegres, nas cerâmicas e pingavam o fim do dilúvio, limpei tua face e entrevi a triste transparência que se abriu, nua, sincera e tranquila, como um abismo — quem sabe, talvez, como aquele mesmo precipício em que eu quis pular tantas vezes. As fendas de teus olhos, os cantos de tua boca, os buracos de tuas orelhas e de teu nariz, teus poros, tudo exsudava uma confissão desajeitada e, por mais que me doesse, encarei teu semblante e fui surpreendida por uma janela, uma passagem mística para o interior de um panorama meticuloso do que tínhamos sido. Inebriada pela provável desforra, pela confirmação de que você era a causa de meus problemas, morri um pouco ao perceber que teu rosto também era o meu e que todas as nossas obsessões e neuroses eram compartilhadas em nosso comportamento abusivo e codependente. Assim, de relance, tive que engolir meus erros e reconhecer que minha atual falta de brilho fora causada por meu próprio equívoco em te escolher como a única alternativa para minha alma, como a resposta irresistível para aquela explosão toda que fizera de mim um buraco negro sem nada para engolir antes de tua chegada. Eu, no meu descobrir-me cosmos, infinito, universo, eu, em minha expansão incansável, havia consumido minha energia e passara a vagar pelo espaço tomada por um cansaço inexplicável e ancestral que fez com que eu me contentasse com o primeiro ombro que acolhesse minha cabeça pesada, com os primeiros braços que se propusessem a aninhar meu corpo carente, tão viciada que eu estava nos versículos e em suas promessas, na possibilidade de ouvir uma única palavra e ser salva.

Assim, aprumada pela pouca paixão que ainda me restava, sacudi minha razão, respirei fundo e, finalmente, te enxerguei. Quando fui além do meu reflexo em tua pele translúcida, pude entender que eu havia te animado com minhas expectativas e te endeusado por meio de minhas pulsões, porque eu queria — não, melhor, eu ardia, febril, tremendo, e te elevava a patamares que você não desejava atingir. Então, com os olhos quase fechados pela falta de coragem, finalmente encarei tua verdade. Ali, morta, estendida sobre os restos de nossa ficção, você se revelou sem nenhum status mitológico e se descolou da tragédia grega, de tua imagem de sereia, e aterrissou tosca e humana, concreta e absolutamente normal.

Confesso a você, menina, que o que mais me doeu não foi reconhecer minha parcela de culpa na dinâmica abusiva que havíamos criado. Não, não. Assumir o visível foi simples, fácil até. Meu problema foi que, ao me comprometer com o peso, com a realidade palpável, com os sonhos possíveis que me levariam à cidade e aos palcos, também tive que processar e traduzir tua presença para que eu pudesse caminhar livre de âncoras e da angústia do que nunca foi ou seria. Assim, ao tocar tua pele com meus dedos, te vi e te reconheci tão carne e osso e simples que, agora, no futuro, no momento em que me revelo nestas linhas e converso contigo sobre nosso passado, ainda procuro um nome para substituir todos aqueles que te dei durante a ilusão, pois tudo de sólido que você era se desfez em um jogo cruel de luz e sombras, de espelhos e fumaça. Você, mágica, prestidigitadora, me mesmerizava e brincava com o fascínio que eu sentia, produzindo pombas e tirando coelhos da cartola para que eu nunca percebesse a inconsistência de teus gestos, a ausência de verdade em teus talvezes e a falta de convicção em seus sins e nãos.

Naquele segundo de lucidez, ainda abraçada ao pouco que restava da imagem que eu tinha criado de ti, renunciei à presença de teu fantasma e deixei que teu corpo subisse aos céus ou descesse ao inferno, não me importava, pois, na verdade, a única coisa que eu precisava era abandonar o cadáver de nosso caso para nos libertar de nossas próprias compulsões. Assim, levantei-me e deixei que tua imagem se esvaísse de minha memória, pois tua partida se consumara dentro de mim como a certeza de que o que tínhamos não era — e nunca tinha sido — amor.

FINAIS MENTEM

Lembra quando tudo era possível em 20m²?
No escuro do meu quarto
Você era meu universo paralelo
É que fazia sentido te ter por perto
Não acredite em mim
Se eu disser que não te amo
Só não me olha assim
Preciso ir agora

Não sei se quero te ver sair pela porta
Medo de enlouquecer e implorar pela volta
Tudo ou nada, pra você pode ser, né
Sempre falhei em te entender, yeah

Finalmente eu te deixei partir
Finalmente eu posso ser feliz
Finais, finais mentem
Finais, finais mentem

Você sabe que
Talvez daqui a uns anos
A gente vai rir, vivendo nossos sonhos
Quem sabe enquanto isso
A gente fica bem
Mesmo sendo difícil
Mesmo "nóis" sendo refém
Da nossa história
Difícil admitir que agora só memórias
Se o tempo passar, me fala o que é que sobra?
Só não me olha assim
Preciso ir agora

Se eu voltar atrás
Por favor, não me atenda
Vai ser melhor te tirar da cabeça

Quando percebi que o sofrimento no qual havíamos nos ancorado era maior do que a felicidade que nos assanhava, deslembrei teus nomes e eu, vertigem, voragem, voz e vontade, decidi que preferia deixar pegadas permanentes pelo meu caminho a continuar pela trilha intangível e imprecisa que havíamos decidido tomar, um solo infértil que engolia quaisquer marcas e nos apagava no momento em que a pisávamos. Sim, eu sabia que escolher o chão, o concreto, faria com que eu tropeçasse e caísse mil vezes, mas era melhor morrer do que insistir em acreditar nos subterfúgios tecidos pelas besteiras que minha imaginação apaixonada alimentava para te manter viva, e eu, cativa de um sonho irrealizável, de uma realidade que só existia nos contos de fadas que encenáva-mos em teu quarto.

No fim do dilúvio, quando a luz voltou a existir, vi que ela era boa e a separei da escuridão que havíamos criado com nossos con-flitos e coroado com nossa chuva, porque eu precisava me salvar e recriar meu mundo, meu universo. Assim, a claridade, ao chegar, começou a secar a água que afogava a cidade e, com seus raios, dissipou a magia que te envolvia com asas de nuvem e revelou um arco-íris que coloriu tudo. Quando notei que a umidade evapo-rava e levava consigo o inebriamento do meu primeiro amor — aquele viciante frio na barriga de estrear no trapézio sem rede e sem iluminação —, teus contornos se tornaram mais marcados e teu ser-neblina se desfez, permitindo que eu exorcizasse nossa maluquice mítica e nos enxergasse como um casal normal, mun-dano, um casal que, na verdade, nunca seria, pois você se recu-sava a me aceitar como um par para o lado de fora e me convencia a viver em cárcere privado: um amor com hora marcada, sempre celebrado por trás de portas e janelas trancadas.

Cansada do vício de me contentar em ser teu segredo, acenei para a cidade e aceitei-a em mim, de uma vez. Em poucos segun-dos, engoli fios, postes, ruas, carros, trens, pessoas, animais, sons, cheiros e o que mais ela desejou incubar em mim durante minha possessão. Eu, arrebatada pela fúria de poder imaginar um futuro, abri a boca e, de minha garganta, veio o grito que explodiu como o Krakatoa e me empurrou, enchendo-me de coragem para pular.

Perdoe-me pela falta de clareza e pela mais absoluta e total desordem nos acontecimentos. Na verdade, é por isso que venho até você e te recupero, mais uma vez, do chão não consagrado do cemitério das desmemórias assombradas que evito visitar.

Novamente, peço que releve minha falta de jeito, mas somente hoje, tanto tempo depois, é que tudo me vem à mente e me faz querer compreender como nos perdemos e nos afastamos, sabe? A luz, o grito, o pulo, a morte, o fim. Foi assim mesmo? Não sei, não me recordo porque escolhi esquecer, e tua mudez não me traz nenhuma confirmação. Assim, para pôr os episódios em perspectiva e recuperar o que for possível, preciso retomar a arqueologia das minhas memórias e perguntar: você se lembra, criança? Desculpe-me por te abordar de supetão, de maneira tão distante em termos de afeto e de espaço-tempo, mas preciso confirmar com alguém fora de mim para avaliar se o brilho daquele momento foi mesmo tão intenso e revelador quanto parece ter sido quando o revejo sob os holofotes surrealistas de minhas lembranças. Pergunto porque me desconcerta ser sacudida por esse sentimento de salvação que se alastra, vertido de meu peito, mesmo após a ferida ter se fechado, mesmo a anos-luz do acontecido. Duvido de minha convicção porque ela me desassossega quando chega travestida de singularidade, sabe, quando ela se aninha em minha insegurança e sopra como uma impressão tênue e quase atoleimada de que o mundo, o universo e até deus se uniram para fazer um móvel estalar, um sino bater ou um cachorro latir no momento em que precisei de resgate ou do empurrão para poder pular, para pôr o ponto-final, como naquele dia. Seria isso a tal serendipidade? Não tenho certeza, mas acho que ainda me incomoda saber que tive que ser cruel para conseguir sobreviver, então te revisito e converso com teu fantasma para tentar me justificar, quem sabe? Talvez essa compulsão por cutucar um ferimento fechado há tanto tempo, talvez essa fixação por reconstituir nossas recordações sirva simplesmente como um recomeço e seja o derradeiro tiro no início da espiral infinita de um "e se" que não cabe em minha vida presente, com palcos, álbuns e uma sereia de verdade.

Em retrospecto, pensando e remoendo, concluo que os eventos que determinaram nossa separação apareceram no horizonte de maneira muito definitiva. A pomba despontou por entre as nuvens e pintou tudo com cores e traços tão definidos, tão brilhantes, que o que se seguiu pareceu uma profecia prevista pelas páginas do Apocalipse ou pela pena de Nostradamus. Assim, como não crer que o fim do dilúvio, arrematado por aquele céu azul e por aquele escândalo de luz e calor, não encerraria, também, alguma fase ou fantasia? Como não achar que aquele fim não chegava a mim com contornos de liberdade, com cheiro de uma nova chance?

Pergunto porque preciso entender minha intuição e aceitar a força que me puxou para o fundo, para o peso, pois, na manhã, tarde, noite ou madrugada em que o sol surgiu com vontade de acender mil galáxias e virar buracos negros do avesso, não pude conter o grito primordial que se originou nas profundezas das minhas entranhas, ecoou por meus dentros e reverberou em todos os cantos da Terra. Muito mais do que um brado para comemorar o fim da chuva, berrei o reconhecimento do nosso término, expressei o horror da separação, a dor de me parir novamente, eu, sozinha, sabendo que teria que vagar sem rumo em busca de uma metade perdida. Cega pela claridade e invadida por uma certeza ofuscante, berrei todos os meus sonhos para a cidade e abracei o ar, aterrissando na calçada sem armadura nem asas, mas concreta, exatamente como os anjos de Wim Wenders. Perdida entre um segundo e outro, regurgitei os restos do tempo mítico em que vivíamos e tentei me livrar da placenta que me abraçava, do cordão umbilical que afirmava que, dali para a frente, eu seria mortal e falha, frágil. Assim, intimidada pela inexperiência que invadiu meus pulmões quando renasci, voltei ao único terreno que me era familiar e revi as lápides que ergui para lembrar as vítimas de tantos terremotos que, como o teu, destruíram outras alas do meu museu da desmemória. Com dedos e dentes, e qualquer outra parte pontuda do meu corpo, cavei. Do túmulo mais recente, cujo mármore quebrei com as unhas, resgatei teu cadáver, embalsamado pelo pouco de saudade que eu ainda carregava, e retirei tua mortalha, tecida com os mais finos fios feitos de nossos clichês e banalidades. Ali, com as narinas cheias do cheiro podre do passado, percebi que só poderia seguir em frente se me desvencilhasse completamente de você porque, por mais que eu tivesse me descolado de tua figura e renunciado à minha armadura, eu precisava encontrar o pior, que eram as partes que você havia plantado em mim. Digo isso porque a claridade que caiu sobre nós com o novo dia, com o fim da chuva, trouxe uma contundente correnteza de certezas que me cegou com a mesma violência do clarão que acendeu tudo na primeira vez em que te vi, então foi irresistível: como um espasmo de memória muscular, mergulhei em você uma última vez para me despedir.

Com o mundo iluminado, pude enxergar, através da fresta-janela que se abrira em seu rosto, a totalidade da nossa dinâmica doentia. Pelo vão revelado pelo pano esgarçado das tuas fibras, identifiquei o cansaço em tuas/minhas rugas, ouvi a crueldade das nossas palavras e senti o medo que te tomava quando você quase aceitava minha pele como o espaço predestinado para teus lábios, para teus sonhos e suspiros. Assim, com a mão pousada sobre teu corpo oco, me desiludi e, ao decidir que eu não conseguia continuar, invoquei e acolhi nosso quarto, e último, apocalipse.

Mas sou humana. Por mais que eu já houvesse morrido mil vezes e renascido como universo, buraco negro, estrela, Eva, Orfeu e tantos outros arquétipos, eu te amava. Juro, juro mesmo que tentei e quis, quis muito. Eu te quis para sempre, até o final dos tempos, mas tive que reconhecer que, por mais que me doesse — e ainda dói, às vezes —, o poeta estava certo: foi eterno enquanto durou, só. Naquele momento, a única coisa que ainda existia do nosso amor era um espectro que eu teimava em não eliminar porque a ideia de me ver órfã do teu gosto, do teu cheiro e do teu sorriso era tenebrosa demais. Assim, apesar da pressão dos tentáculos do vício, que apertavam meu pescoço e sussurravam que sofrer por tua causa era melhor do que não sentir nada, me permiti enxergar o que havíamos feito e reconhecer o erro que éramos quando estávamos juntas. Iluminada pelo novo dia, minha lucidez revelou que não havia nada ao nosso redor — somente a paisagem desolada de um solo amaldiçoado e salgado por nossa radioatividade, que estilhaçou nossas almas e espalhou nossos cacos.

Pior do que entender que, juntas, éramos tóxicas, foi sentir a sinfonia de semissinônimos que subiu por meu ser quando considerei recomeçar: apatia, inércia, displicência, insensibilidade, impermeabilidade, desafeição, abandono, desatenção, desdém, desprezo e tantos, mas tantos outros, que me calei, envergonhada e temerosa de improvisar letra e melodia para cantá-los como uma marcha fúnebre. Muda, quase soterrada pela cacofonia da minha mágoa, tomei minha decisão. Da minha cintura, tirei a lâmina que, no Hades, eu havia afiado nas pedras do rio Estige, para não morrer, e arrematado nas águas do rio Lete, para poder esquecer, e, com gestos precisos, amputei o apêndice que minha dependência e sua presença parasítica haviam se tornado e suturei o que restou de mim. Sei que você não gosta dessa imagem e, provavelmente, não vai entender meus motivos, mas foi necessário. Você, em mim, começara a se esconder, de maneira traiçoeira, nas pequenas coisas, nos meus pequenos prazeres, como se quisesse envenenar o pouco que eu ainda tinha. Por mais que eu tentasse te esquecer de maneira menos drástica, eu te sentia como uma sombra que se embrenhava nos cantos enevoados da minha mente, que se agarrava aos nós de meus cabelos e que tirava de mim a vontade de dar o próximo passo. Assim, pensar em você, que antes me trazia a certeza e o prazer de saber que eu havia te amado à primeira vista, passou a ser a concertina que me impedia de pular o muro para minha liberdade por se enrolar em meu corpo e lanhar minha carne com seus dentes de gilete. Em outras palavras, me desfazer do tumor que nossa relação havia se tornado me permitiu abrir as mãos para quem aceitasse pegá-las para atravessar comigo avenidas, mares e galáxias.

Acho que também é por isso que te invoco nestas páginas, porque a tinta que imprimirá estas palavras será o movimento final em meu concerto de apagamento. Talvez, me dar o direito de entender e esclarecer nosso término chova sobre minhas partituras como a harmonia que faltava para matar, de uma vez por todas, a dor que ainda assombra meu membro fantasma e o faz formigar nos momentos mais inoportunos.

Sim, ainda que eu houvesse preenchido com veios de ouro todas as falhas, frestas e trincos que você deixara em mim, às vezes os músculos doloridos pela amputação gritavam mais alto que a beleza das minhas cicatrizes douradas, porque eles, tanto quanto eu, também ferviam buscando respostas, uma explicação qualquer que justificasse tamanha violência e que, de uma vez por todas, decorasse ou destruísse o relicário do meu primeiro amor.

Ah, fantasma, eu tive muita paciência. Esperei em silêncio, aceitei viver em um universo paralelo, presa no pequeno cômodo em que você flutuava, suspensa no eterno espaço entre nossos lábios, mas e eu? Você algum dia chegou a me ver realmente? Enquanto morávamos em nosso paraíso e durante o dilúvio, tudo que fiz foi te observar, namorar tuas formas e tua cabeça, querer me afogar em teu mar sem fundo, cantar tua perfeição com as notas que escorriam como mel de minha garganta. Mas, quem era você? Quem era eu? Quem fomos nós? Teríamos conseguido ser o que pensamos que seríamos juntas — um oásis para nossos pés cansados, uma chance de sonharmos e sermos mais? Ou nos tornaríamos meros ecos de algo em que insistíamos, mas que nunca deveria ter sido — ou começado? Apesar de apreciar permanecer na prisão de teus braços, se eu te oferecia o mundo, por que você me mantinha circunscrita a nossos vinte metros quadrados?

Naquela época, naquele amanhecer, juro que ainda me restavam forças — e uma vontade louca — para apostar em nós, para procurar alguma coisa para usar de base e reconstruir nossa história para que meu beijo acordasse você no final, mas o chão se abriu sob meus pés e eu tive que pular. Na descida, as dúvidas. Fomos realmente concretas ou sonhamos a outra, animadas por aquele sopro de algo impossível que nos toma de arroubo durante o desespero ou por aquele pequeno impulso de loucura que, às vezes, contamina nossa alma quando precisamos do irreal para encarar a realidade implacável? Quem fomos? Quem éramos? Você sabe me dizer? Eu também não.

Na verdade, acho que, depois de tantas páginas, enxergo que eu pensava na fábula errada. Quando a luz invadiu nosso mundo, vi meu reflexo em uma poça e lá estava eu: o patinho feio, com o sexo certo, na lagoa errada. O que me restava era cortar minhas asas e me transformar em cisne, com minhas novas penas majestosas, porque eu, pequena, estranha a teu bando de patos, havia tentado, tinha cantado para te convencer a passar comigo pela porta que eu abrira ou, pelo menos, a guardar contigo a chave que eu deixara, com amor, sobre teu travesseiro, mas ela permaneceu lá até quando, depois de tua morte, peguei-a de volta e a engoli. Haveria uma nova chance, mas, para você, não.

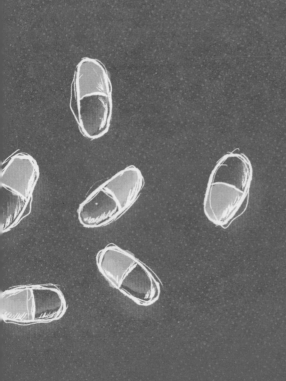

EFEITO COLATERAL

Longa história
Do tipo que se tu esquece
Ela volta só pra te assombrar
Acho que não tem volta
Porque não me solta?
Quero seguir solta livre pra sonhar
E não é de hoje que eu te vejo em todo canto
Tipo um fantasma que me tira o sono
Efeito colateral de algo tão visceral
Que a gente viveu, sei que a gente viveu
Coisa de gente louca e a gente se perdeu

E eu sei que eu sou insegura
Mas eu não sei não ser sua
Ainda sinto muita culpa
Quando eu tô com outra mina

Por onde eu for
Fantasmas ao meu redor

E eu vejo teu corpo numa cama vazia
E eu sinto teu calor numa noite fria
Você sente minha falta? Tá vivendo seu conto de fadas?
Pensa em mim quando tá com os cara?
Sei que cê quer ligar, sei que cê quer gritar meu nome bem alto
e que se foda toda essa gente tosca
Deixa que eu ainda sei onde você mora
Qualquer dia bato na sua porta

Sei que quase todos os outros fragmentos eram mais apoteóticos, cheios de arroubos românticos e de fantasias míticas sobre nosso relacionamento. Na verdade, quase me arrependo de escolher outro tom para tratar o texto daqui para a frente, mas preciso te confessar umas coisas, e creio que agora é o melhor momento. Por mais que eu, daqui do futuro, ainda consiga enxergar algum brilho — nem que seja de vingança —, no resto dos eventos que se sucederam, acho que, em respeito a mim mesma, é hora de economizar nas imagens e enfiar a faca no cerne do assunto.

Assim, peço perdão aos que me apreciaram mais com minhas assonâncias e aliterações, com os voos que minha imaginação alçava só para celebrar um amor adolescente, quase adulto, de uma maneira exagerada e quase parnasiana, beirando à alucinação. Peço também que compreendam e que procurem, em seus peitos, os rococós e os frenesis metafóricos que suas paixões patológicas ou os delírios megalomaníacos de seus amores platônicos produziram, em um ímpeto de proficiência poética, para adornar os exageros de suas primeiras cartas de amor ou para cifrar as mensagens, cheias de segredos e desejos inconfessáveis, que vocês ainda enviam por celular em momentos de fraqueza ou embriaguez. Peço, principalmente, que se lembrem de suas encarnações como poetas românticos de araque, daqueles bem fajutos, que recusavam os versos livres e preferiam cantar a amada em sonetos clássicos, imponentemente alexandrinos, enquanto fingiam tossir os pulmões sobre um túmulo de mármore, trazendo sobre o ombro um corvo empalhado, aquele do "nunca mais". Também fui dessas, admito. Também tive meus surtos e produzi péssima literatura — como aqui — regada por um excesso incrível de sentimentalismo, então, para satisfazer meu eu-lírico, deixei que ele comandasse grande parte deste livro com sua personalidade delirante, com sua persona esdrúxula e extravagante, que perambula entre os lábios colados de Rimbaud e Verlaine, que tropeça na orelha cortada de Van Gogh e se agarra nos bigodes empinados de Dalí para poder vomitar suas verdades e fazer sua voz ser ouvida. Assim, eu me desculpo também com vocês, que acharam os fragmentos anteriores um pouco exagerados e absurdos, mas eu tinha que me dar o direito de enxergar o início do meu romance com quantas nuances de mito e interfaces com outros mundos eu quisesse, uma vez que tudo que sangrei aqui foi uma carta para um fantasma, um panegírico em prosa em homenagem à perda, à desilusão.

Depois do término, depois de tecer tantas páginas e gritar até perder a voz, sentei, em meio a toda aquela desgraça, e escrevi o necessário para chegar até aqui. Assim, agora, diante da folha em branco, travada, mas precisando terminar de atravessar meu Tártaro particular, pergunto — a vocês, a mim, a meu fantasma: como cantar, como invocar a musa e continuar a odisseia quando a matéria que temos são os destroços de um terremoto? Como soltar a voz ou deixar que os dedos percorram o teclado quando o que nos resta para produzir este pedido de socorro é um corpo destruído e um coração quebrado, nada mais? Como encontrar beleza no horror, nos escombros, nas memórias apodrecidas?

Por isso mesmo, por não encontrar muito bem o ponto certo de onde começar, permaneço, ainda sentada sobre as pedras que despencaram e destruíram meu museu da desmemória, e improviso. Assim, não começo me vangloriando, voltando ao submundo ou revendo os grandes momentos que marcaram a mim e à pessoa sem nome, pois tudo que tinha que ser dito já foi falado. Agora, neste vácuo de imagens, com minha imaginação silenciada, descubro que ainda tenho que enfrentar o pior e iniciar a conversa com o nada, o monólogo mirabolante que precisa extrair seu material de lembranças esclerosadas, que ainda vagam no labirinto vazio formado por paredes transparentes de suposições e impressões, por tijolos abstratos feitos de dores e dilemas.

Daqui, do espaço confortável que ocupo, com o coração refeito e muito mais do que eu poderia ter pedido a qualquer deus em um dos sonhos ingênuos que confessei a você entre teus travesseiros, daqui, do porto seguro que construí muito além do grande abismo que se abriu entre nós e quase nos engoliu, daqui, da fortaleza onde resido, abrigada pela proteção dos desertos que escoaram por nossa ampulheta nesses séculos de distância, afirmo que eu poderia, se quisesse, mentir. Sim, mentir, sem nenhum pudor. Quem nunca? Por meio da minha caneta, poderia desfilar na tua frente, encadeando palavras duras, rimas maldosas que te machucariam com a mesma força, direção e profundidade com que teu punhal entrou em meu peito, mas não posso fugir da minha natureza. Se eu quisesse, porque sempre fui teu segredo e apontar minhas mentiras seria quebrar as tuas, poderia alçar voo por estas páginas, esfregar na cara do mundo a minha força, a minha felicidade pela tua partida. Se eu precisasse mesmo me justificar para você, eu revestiria meu corpo com aço, titânio e *adamantium* só para poder afirmar que, depois do pulo, depois de sepultar teu corpo, meu ser desabrochou ao deixar se deixar brilhar embaixo dos raios que sobraram no horizonte daquele primeiro dia, e a vida foi perfeita.

Mas não foi assim.

Nestes parágrafos finais, prefiro a catarse, então vomito o mal que você me fez para que você consiga encarar teu reflexo e entender o final da tua ópera, os acordes que você compôs em minha sinfonia.

Depois do término, tua voz ainda voltava aos meus ouvidos nos fins de tarde, diluída no som do movimento do sol se pondo atrás do mundo, ou no alô cifrado em outra voz, que me invadia na frequência errada quando eu atendia o celular. Meu corpo, exausto, fincado na fronteira entre os territórios da vigília e do sono, delirava alucinando tua presença, teu peso sobre o colchão. Dentro de mim, havia a certeza de eu ter te exorcizado, mas você, súcubo, incansável, não me dava trégua.

Nem sei por que confesso isso, mas tenho que te dizer tudo, pois preciso esvaziar meu peito, desenraizar a raiva que, às vezes, ainda teima em brotar em algum canto escondido e sombrio do meu ser. Na verdade, quem sabe este enorme poema em prosa, concebido com base na métrica da loucura, seja nossa real despedida porque, por meio da tinta que pinta estas páginas, pude enxergar que nossos dedos nunca estiveram unidos pelo fio vermelho do destino. Depois de tanto tempo, enquanto eu me ajeito na cadeira e escrevo teu nome nestas não estrofes, vejo que nosso fio era um capricho, um carinho adolescente, uma catástrofe que nutrimos por diversão, por não sabermos que poderia ser diferente. Nós, jovens, despreparadas, nos jogaríamos nos trilhos por qualquer sentimento mais forte, pois vivíamos entorpecidas pela rotina de religiosidade que nossos pais haviam imposto. Logo, apesar da rota traçada para o seminário, da carreira quase certa como pastora, veio o destino, implacável, e impediu que eu tomasse o caminho errado. Presa no país e afastada da possibilidade de me apropriar do púlpito, eu me entreguei a ti dentro do teu quarto — onde tudo era possível —, e senti, pela primeira vez, o peso da culpa desaparecer dos meus ombros, e pude confirmar, para mim mesma pelo menos, que gostar de uma mulher não era errado e era muito melhor do que eu havia imaginado nos poucos momentos de liberdade que eu tinha entre a cama e o culto. Não pense que sou ingrata, fantasma, reconheço tua importância e o peso que tua presença teve em minha aceitação, mas disso não falo, pois ainda há muito ressentimento a ser cuspido.

Naquela época, quero que você saiba, que tenha certeza, você me destruiu, porque sonhar com teu sabor e acordar suada, transpirando teu cheiro foi uma maldição que durou muito mais do que eu imaginava. Mesmo desequilibrada pelo desejo da tua pele, procurei, durante meu período de convalescência, quando minhas feridas ainda doíam e minha amputação gritava para te ter de volta, ser adulta para cuidar de meus cortes e trocar meus curativos com a frequência recomendada. No entanto, no escuro da noite, quando o mundo emudecia e eu me via sozinha, quando até as estrelas pareciam se apagar para aumentar a dor da tortura que tua ausência impunha, eu arrancava as gazes e o gesso, e cutucava, fundo, todos os meus ferimentos. Com as unhas, eu escalavrava os machucados, pois, durante as desesperadoras horas de tantas madrugadas, eu sabia que precisava te trazer mais para fundo, mais para perto, e só assim o encantamento funcionava. Em minha ânsia por te reencontrar, mesmo que por um só momento, eu revolvia a terra que havia de teu túmulo em meu peito e ignorava o sangue que sujava meus dedos até alucinar tuas coxas entre pétalas vermelhas que escorriam do meu teto.

No dia seguinte, ao acordar com os cortes grudados no lençol, a culpa pesava e eu prometia que havia sido a última vez, mas nunca era de fato. Digo isso porque você precisa saber o efeito que teve sobre mim, sobre meu corpo, porque você deve ter noção da maldade que inoculou em minhas veias. Eu estava ferida e indefesa, mas você insistia, incansável, insaciável, impulso incontrolável em meu cérebro, compulsão.

É claro que, aos poucos, depois de incontáveis noites de sofrimento, a dor amainou, roubando a nitidez dos teus contornos e a potência da tua lembrança. Em termos, claro, porque, às vezes, você voltava com sede de vingança e me interrompia enquanto eu compunha minhas canções. Como que enfeitiçado, meu corpo, ansioso, ainda não conseguia resistir à tentação de admirar teu vulto quando ele se materializava durante as minhas madrugadas de insônia, que eram os momentos que mais me enchiam de inspiração. Entre uma palavra e outra, tua voz aparecia e me desconectava dos refrões que eu tentava escrever, convidando-me a me despir e a dançar, nua, como as bruxas no Sabá. Sei que, hoje em dia, isso tudo parece uma insensatez e que, no papel, esta história parece pior ainda, mas a faísca do que eu senti por você no nosso começo era a única coisa que acendia minha poesia, então era impossível não sucumbir às tuas mãos etéreas, que ungiam minha pele com nossas memórias e, depois, me cobriam com brocados para receber teu fogo em meu peito e me preparar para o ritual de te escrever, de te sangrar entre os compassos do que minha voz queria cantar. Sim, durante muito tempo, você foi o caroço entalado na minha garganta, os movimentos que animavam minha mão e traziam, com o desespero da saudade, a poesia para as linhas dos meus cadernos, para as notas em meu telefone, para as letras que iriam, finalmente, te exorcizar.

Te juro que, se eu soubesse, teria escrito isto antes, este livro, digo. Por mais que tudo me doa, que me lembrar de nossos apocalipses ainda reverbere por minhas cicatrizes, talvez as coisas tivessem sido mais fáceis, porque eu teria esfregado tua cara na brita de uma vez por todas, mas entendo. Hoje, depois de ter conquistado muito do que você apostava que eu não conseguiria e de ter alcançado tantas realizações que, a teu ver, eram tolices de sonhadora, consigo enxergar com clareza os processos e os motivos. Assim, sei que, mesmo depois da cicatrização, meu organismo ainda reagia contra a tua lembrança, que queimava em mim como se teus dedos houvessem depositado em minha testa uma marca incandescente, que refervia todas as vezes que nosso passado insistia em arrombar as portas da minha casa para tentar me assombrar.

Entre rituais e rezas, exausta, eu espalhava sal pelos cantos e tentava te mandar embora, mas você reemergia do piso, da parede, do planeta inteiro e, com teu cheiro enganoso de jasmim, saía da escuridão do teu túmulo, caminhando até mim com cores de luminosos de neon e um corpo de mar revolto, explodindo em ondas e molhando meus lábios com o sal da tua ressaca, algo que se transformou, aos poucos, de dor de membro fantasma em um efeito colateral, em um problema físico que vinha com a dose cavalar de medicamentos.

Meu corpo, tão afetado pelo tratamento, se recusava a funcionar novamente, assim, passei muito tempo encontrando teu gosto nos lábios de outras meninas e teu cheiro em outros pescoços, pois eu me recusava a me curar. Logo, por mais que eu tivesse tentado extinguir aquele eterno "e se", que voltava e repetia os cenários sempre que eu fechava minhas pálpebras, todo o meu progresso se perdia quando, nas noites frias, tua aparição vinha de braços abertos, me chamando para dormir, novamente, em teu ombro. Não vou negar que, muitas vezes, debilitada, aceitei teu convite, pois nem tudo havia sido ruim. Talvez, na verdade, meu coração quisesse se recordar de um momento perfeito ou de um segundo de felicidade onde eu pudesse me refugiar quando batesse o desespero, a abstinência.

Admito que, como todos os desiludidos, ignorei as recomendações médicas e me afoguei na farra. Assim, bebi besteiras, me entupi de enganos e me perdi entre muitas pernas, pois as madrugadas ainda chegavam habitadas pelo eco da tua voz e pelo calor da tua mão em minha cintura. Sem peso na consciência, esqueci do antibiótico, pois, para ter as cicatrizes douradas que eu tanto via nos bules japoneses, eu teria que abrir mão de te sentir e, naquele momento, isso seria submergir no nada.

Ah, que noites terríveis passei me revirando na cama para aguentar as dores, para aceitar a certeza de estar sozinha, mas passou. Hoje, depois de tanto tempo, depois de tantas outras experiências, consigo facilmente entender que a angústia que me contaminou e a tristeza que me atravessou e me tirou do prumo eram, de fato, uma coisa comum, um mero efeito colateral de um fora bem dado. Aliás, veja você que ironia: acho que foi exatamente isso que me deu forças para aceitar meu destino e enxugar minhas lágrimas, pois eu precisava compreender que meu coração seria quebrado inúmeras vezes até o dia da minha morte e que diversas delas doeriam muito mais. Na verdade, dentro de meu drama de adolescente, eu me salvei por aprender que aquelas feridas seriam apenas as primeiras, embora parecessem ser as mais doloridas e as mais cruéis.

Desculpe se tiro tuas esperanças e se te desiludo te igualando às tantas outras que vieram até agora e, quem sabe, virão depois, mas preciso que você tenha noção de que tudo que vivi contigo não foi nada mais que um ensaio para a minha peça principal, aquela que encenei, e enceno, de braços dados com a pessoa certa. Do meio de tanta desgraça, do meio do sofrimento que você impôs ao meu corpo e à minha alma, consegui retirar a vontade necessária para acordar na manhã em que um novo raio de sol brilhou em minha janela e aqueceu minha pele. Assim, não se deixe enganar por estas páginas, porque não, é claro que você não foi, não era e nunca seria o grande momento de minha vida, mesmo porque eu ainda tinha muitos palcos nos quais cantar.

Pouco antes de eu partir, percebi que meus cortes cicatrizavam na mesma proporção que tua aparição se desfazia. Até mesmo minhas letras, que antes evocavam tua presença e não me deixavam te esquecer, aos poucos passaram a celebrar outros sentimentos e a invocar a sereia real que, um dia, viria — e veio — até mim. De uma hora para outra, assim, do nada mesmo, percebi que, em uma manhã chuvosa, acordei vazia, seca da saudade que pingara em mim por tanto tempo e envenenava meu coração. Confesso que até me assustei, porque a sensação de vácuo era um pouco incômoda, e que me senti um pouco frustrada, porque todas as comédias românticas e os musicais da Broadway prometiam que eu me descobriria pronta para um novo amor em um dia ensolarado, de preferência, durante a primavera e em um jardim florido, povoado por borboletas e passarinhos saltitantes. Mas, poucos segundos depois, senti, em minhas veias, os anticorpos que me protegiam das veleidades e das ilusões ingênuas que eu ainda teria que enfrentar, e absorvi a vacina que me dava coragem para continuar tentando até encontrar a pessoa certa, o lugar correto, o meu pedaço do mundo.

Assim, olhando para a tua lembrança uma última vez, peguei minha mochila, meus documentos e fui atrás de meus sonhos, pois eu tinha fome e estava cansada de adiar meus desejos. Sem olhar para trás e sem nem me lembrar de teu nome, assumi meu caso com a cidade e com as promessas que ela me fazia.

Eu queria mais e muito, e estava disposta a pular de prédios, a apagar incêndios e a atravessar infernos, pois meu sonho era esticar meus dedos e tocar a escada, tão constelada de luzes, aquela que me levaria até um palco pela primeira vez — e nada me impediria de chegar lá.

NÃO ME ENCONTRE

Nem vem
Agora que me viu feliz cê vem
Depois de pedir distância
Depois de tanta inconstância
E de me dar esperança

Vi um feixe de luz, corri
Cheguei a tempo de ver o sol abrir
Quem diria que sequer chegaria aqui
Eu beirei o céu de tanto tentar te alcançar
Fomos feitas de quases e quem sabes
E eu só quero algumas certezas
Não te quero fodendo a minha cabeça

Não vou te levar pra onde eu vou
Se me perguntar nem sei onde eu tô
E se finalmente eu me encontrar
Não me encontre

Eu sei
Que eu não sabia viver sem
Depois de querer tão perto
Depois de achar tão certo
De te amar de peito aberto
Vi um feixe de luz, corri
Cheguei a tempo de ver o sol abrir
Quem diria que sequer chegaria aqui
Eu beirei o céu de tanto tentar te alcançar
Fomos feitas de quases e quem sabes
E eu só quero algumas certezas
Não te quero fodendo a minha cabeça

Não vou te levar pra onde eu vou
Se me perguntar nem sei onde eu tô
E se finalmente eu me encontrar
Não me encontre

Não me encontre, por favor

De frente para a fogueira, em um último esforço para me libertar, queimei o mapa que descrevia a tua parte do mundo e, depois de abrir o mármore do teu túmulo, cobri teu corpo com uma pá de cal, porque precisava impedir que teu fantasma me assombrasse. Bem de longe, eu me despedi da melancolia e da miséria, minhas companheiras constantes durante tanto tempo, minhas amantes pela duração do meu luto e de minha convalescência.

Desgostosa e esgotada, fiz questão de me esquecer do cemitério e das suas lápides assim que virei de costas, e, sorrindo, voltei para o abraço quente da cidade, que sempre me recebia, insinuante, escondendo e revelando algumas verdades em seu beijo lascivo, com gosto de liberdade. Em meu caminho até ela, tremi ao me sentir sozinha, finalmente livre da tua presença, ó, mulher sem nome, e tive que enfrentar um silêncio de morte, quebrado apenas pelo som dos meus passos repicando nos paralelepípedos e avançando no breu para me arrancar das tuas garras. Lentamente, pulei as poças espalhadas pela rua, heranças perpétuas do nosso dilúvio, como quem queima retratos de um passado perverso, de um tempo que deve se desfazer junto com as cinzas no vento. Na água contaminada pela essência urbana, notei os reflexos dos luminosos de publicidade, as luzes que quase formavam meu nome, mas minha ilusão se quebrou quando sua superfície foi sacudida pelos primeiros pingos da chuva que se aproximava prometendo, entre um trovão e outro, afogar, com sua melodia ou com sua violência, a afasia que me acometeu quando o cheiro da tua presença se espalhou querendo voltar. Primeiro, veio o grito mudo, o arrepio entalado que se esforçou para escalar minha pele, mas escorregou e escorreu pelos meus músculos, desfaçecendo antes mesmo de se formar. Depois, chegou o odor do olho da loucura, um aroma que apareceu sem estar lá e se chocou, furioso, contra o nada, protestando pelo não cheirar.

Transtornada, tomada por todas as sensações que tinha aprendido a evitar para não invocar tua presença, eu me virei e, infelizmente, encontrei teus olhos boiando no fundo escuro da rua, onde as luzes dos postes desacenderam a cidade e desintegraram minha única saída.

Como uma constelação de ausências ou, quem sabe, um festival de fantasmas famintos, você permaneceu e me encarou, a mão descarnada e podre estendida, esperando o toque.

Ao ver teu cadáver ali, à minha frente, gelei, petrificada. A chuva caía, fria, enredando-se nas minhas mechas e enregelando meu couro cabeludo, ajudando a fazer meu corpo tiritar de receio, pois eu renascera havia pouco tempo e ainda não sabia reagir a ataques tão cruéis. Molhada, minha pele se retesava sob as cicatrizes, que pareciam ferver por baixo da roupa.

Na época, eu não te disse, assombração, mas as certezas que se acendiam pelo meu corpo depois do teu enterro, após a recomposição das partes que eu perdera quando nos separamos, brilhavam como lava em resposta aos quases e aos quem sabes que vinham do teu hálito e procuravam casa em meus ouvidos. Te conto agora, depois de tantos anos — que parecem milênios —, porque acho que você merece saber o que te atropelou naquele beco escuro, naquela noite torta que te arrastou para o inferno para todo o sempre.

Ali, evitando cruzar meu olhar com o teu, deixei que o calor que borbulhava pelos veios dourados das minhas cicatrizes se manifestasse em minha garganta e invoquei todo o poder da minha voz e rezei. Entredentes, sussurrei a fé que havia me restado depois de abraçar o laico e fechei os olhos, confiante:

Apague-se.

Se ainda te restou qualquer humanidade, peço que desligue a luz que você deixou acesa no caminho que sempre me levava até você. Desconheço teus motivos, porque não te conheço mais, mas peço que não ilumine as rotas, porque me recuso a recuperar essa memória. De joelhos e com as mãos postas, à mercê da tua misericórdia, fantasma, peço que não aumente a minha miséria, que não me faça relembrar o trajeto que me transportava até teu quarto, até nosso paraíso. Por mais que você ache que foi bonito enquanto durou, eu me recuso a aceitar essa versão dos fatos, porque fui eu que padeci ao descobrir a existência do teu príncipe. Ah, fantasma, neste momento dou um passo para trás e recuso o teu olhar, porque a única coisa que desejo é que o que matei permaneça morto.

Afogue-se.

Desfaça teu sorriso e recolha tuas tentativas de reaproximação. Daqui, do meu porto, grito e peço que você suma, que volte para o fundo do oceano de onde você nunca deveria ter saído, porque eu me recuso a ouvir teu canto, me nego a te ver como sereia e, agora, ao notar o brilho das tuas escamas, te enxergo monstro marinho: Godzilla radioativo, bomba atômica em meu lugar.

Esqueça.

Peço que descanse e sossegue, que me deslembre porque, na minha história, tua presença não passará de uma nota de rodapé na qual especificarei unicamente tua espécie, pois sei, sinto, que teu nome, úmido e frio, escamoso, se tornou um peixe que vez por o ..ra ainda teima em nadar pela minha corrente sanguínea, tentando se agarrar às paredes das minhas artérias com seu esporão venenoso. Esqueça, desfaça-se também do meu nome, das memórias que me incluem, porque tua foi a escolha de tomar outro caminho e, assim, exatamente por esse motivo, você não tem direito algum a nada. Perceba, fantasma: nossas mãos, avessas, recusam o toque.

Dissipe-se.

Depois, não olhei mais. Ao dar-te as costas, selei nossos destinos e enfiei, finalmente, a faca em teu coração. Eu sei, talvez até deva me desculpar, mas você tem que entender que foi em auto-defesa. Eu já havia sofrido tanto que precisava conseguir me desvencilhar do sofrimento que eu sabia que o toque em tua pele renovaria. Não, eu tinha uma nova vida, eu pulava entre pontes aéreas e me refugiava em outros braços, quentes, que me aceitavam e pediam para atravessar as ruas comigo. Assim, para que eu insistiria no passado, na primeira versão de uma melodia gravada em uma máster que tinha um defeito fatal e explodiria em poucos segundos, mesmo que nós prometêssemos uma à outra que as coisas seriam diferentes, que andaríamos juntas, lado a lado?

A verdade é que — e aqui, espero que doa, mesmo, mas muito — eu não te queria mais, mas meu coração, mole, batia pacato e nem tinha vontade de se vingar de você. Assim, caminhei sem pressa e, no final da rua, virei a esquina.

Foi a última vez que te vi.

Ainda bem.

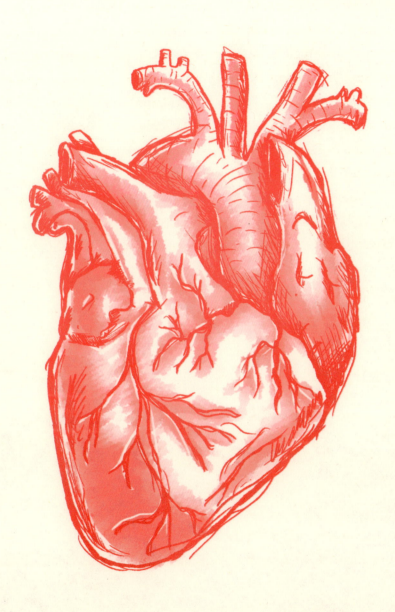

EPÍLOGO

Sempre fui idealista
Não necessariamente otimista
Sempre imaginei a vida de um certo jeito
"Daqui a tanto tempo
Vou ter de tudo
E ganhar dinheiro"
Já se passaram uns anos e não tenho nem metade dos meus planos
Acho que vou ter que fazer tudo de novo com outros olhos
Com outra mentalidade, sei que é um pouco tarde, mas nunca é tarde,
carpe diem, segue o baile

Não me deixe ir embora, sem me realizar
Fechei algumas portas por medo de me frustrar

Ahn, ahh
Não me entenda mal
Se eu soar um pouco egoísta
E mal-agradecida
Eu sempre tive medo de altura

E a queda foi grande
Quando ainda vejo meus sonhos tão distantes
Mas prezo pelo que tenho
E pressa pelo que não
Caindo no mesmo erro
Desde sempre e desde então
Entendi, a vida é isso
Não passa disso

Sei que, de acordo com as mais aceitas vertentes da teoria literária, o final de um livro deve oferecer ao leitor algum tipo de conforto, por assim dizer, um travesseiro fofo onde ele possa pousar a cabeça para sentir sua honra vingada, pois o desfecho da história trouxe ordem e justiça à sua realidade. Infelizmente, acho que deixarei todos os meus leitores frustrados, afinal de contas, chego até aqui exausta e sem nenhum sentimento que me motive a sair em uma missão de redenção e descoberta.

Dane-se a jornada do herói.

Não, não. Escrevi até aqui, fragmento a fragmento, quase como se tivesse passado por um processo de desintoxicação. Por mais que eu já tivesse me livrado das sensações concretas da tragédia que foi meu primeiro amor, sentia que precisava purgar qualquer resquício que ainda sobrevivesse em mim — e aqui estou.

Finalmente.

Sim, não termino em grande estilo, como Riobaldo perdendo Diadorim e encerrando sua saga com uma única palavra mágica: travessia. Sei que não atirei na Baleia, que não matei os peixes, que não inventei um palíndromo para reger minha estrutura, e tenho pleno conhecimento de que fico devendo até mesmo aos mais comportados, como Caio ou Cecília. Se me comparássemos a Machado de Assis, então, estaria ferrada, mas esta foi a única forma que achei para me confessar, sabe?

Sei que este fragmento não será tão grandioso como aqueles de nossos primeiros apocalipses, mas, veja bem, como não espelhar a realidade na página: se já estávamos tão esgotadas que não havia mais vontade de levar o sofrimento adiante, como posso metaforizar a inexistência, o zero? Teria que ser assim mesmo, simples.

Em verdade, vos digo: sim, um amor louco é bom, faz o coração bater mais forte, mas como produzir a adrenalina necessária para mantê-lo vivo a longo prazo? Aliás, como eu conseguiria passar meus dias e noites ficcionando nossa rotina para que funcionássemos? Como eu encontraria a imaginação necessária para buscar os termos de filosofia necessários para eu me reinventar e me definir constantemente? É claro, como disse antes, morro e renasço, como todos fazemos, presa que estou ao meu incessante ciclo de eterno retorno, mas há um limite para tudo. Como eu decoraria todas as tragédias e os mitos gregos para poder trocar de fantasia quando minha pele antiga não mais te agradasse? Como?

Sei também que este capítulo pode chegar molhado ao teu colo, leitor, e acabar afetando teu humor e teu dia, talvez até tua semana. Com relação a isso, peço desculpas, mas não consigo não trazer para estas últimas páginas parte do dilúvio que minha história foi, então, caso ela estrague sua calça ou manche sua saia, não foi minha intenção. Também peço perdão por ser um exemplo tão claro da minha geração, por trazer em mim a ansiedade e a mania de estabelecer metas ambiciosas demais, que são esmagadas pela falta de esperança que aumenta a cada dia. É aquela coisa: comecei minha história com estrelas nos olhos e com a cabeça nas alturas, achando que eu tinha uma musa e uma rota traçada para a fama, para o palco. Em meu coração, em minha infantilidade, eu achava que seria fácil, porque vencer era o único caminho possível, e aqui aproveito para terminar meu livro afirmando que não, por mais que não pareça, ainda tenho muito que aprender e muitos degraus a galgar antes de conseguir alcançar metade das coisas que eu havia imaginado.

É complicado. Acho que vocês, leitores, entendem bem essa sensação estranha que tento colocar nestas últimas páginas, aquele fantasma que ronda até mesmo os bits e bytes que nos chegam pelas telas de celular. Por mais que nos amemos e desejemos estar juntos para conquistar o mundo com um estrondo — ou uma explosão e um big bang, como no meu caso —, nossos corpos são tomados por um cansaço estranho que se expressa até mesmo nas xícaras de café pela metade que esquecemos sobre nossas escrivaninhas enquanto nos esforçamos para ganhar bem menos do que deveríamos.

Sei lá, talvez seja difícil colocar em palavras o paradoxo que é tentar conciliar o esgotamento e a pressa dentro do mesmo corpo, mas sinto que é isso que nos define como geração e é exatamente o que eu queria mostrar com minha história: esse eterno procurar por algo que desconhecemos e que nos faz muita falta, uma falta que se exprime na saudade de um componente místico e mítico, mas totalmente imaginário, aquela fagulha fantástica que poderia fazer com que nossas vidas tivessem sentido e que todo esse sofrimento cessasse..

Ainda assim, somos jovens, então temos tempo para pôr planos em prática, para correr atrás de trens que não param em nossa estação. No entanto, como poderemos competir com nós mesmos — eu, ela, você que me lê —, se nossa própria insegurança faz com que nossos sonhos desfaleçam e se despedacem em nossas palmas antes de voar? Como lidar com as expectativas pouco realistas que estabelecemos para nosso futuro próximo? Como compreender a frustração de achar que estamos em um jogo de cartas marcadas, em que nossas chances são zero — ou quase?

Desculpem-me se agora me dirijo a ela, mas é preciso, porque ela foi responsável por grande parte do que aprendi até aqui. Por mais que você possa ter criado antipatia por essa mulher sem nome, foi nos braços dela que me criei e me fortaleci, foi o que ela me deu — e que roubou de mim — que permitiu que eu desbloqueasse minha garganta e me tornasse a mistura que sou hoje em dia, um coquetel amalucado de voz, vontade, vertigem e voragem, a mulher que canta com o tom que sempre esconde um suspiro por trás das notas. Também preciso que vocês saibam que nem tudo foi desgraça. É claro que, quando contamos os fatos depois do acontecido, à luz da razão e temperados com a dose certa de raiva requentada, tudo que sobra são as grandiloquências e os apocalipses, as cosmogonias e teogonias às quais recorremos para pôr um pouco de sentido no caos da criação, no amargo do amor.

Sabe, fantasma, acho que nosso grande erro foi bebermos do veneno da ansiedade que vertíamos de nossas veias sempre que as coisas saíam do controle. Acho que foi essa necessidade de entendermos e nos incluirmos mutuamente em todos os nossos planos — que eram tão tênues e tão ingênuos, pois mal havíamos abandonado nossas fraldas — que criou o terreno propício para nossa derrocada. Sim, entendo perfeitamente — agora, é claro. Gostar de chamar teu peito de casa por um tempo não nos obrigava a comungarmos e a compartilharmos tudo para chegar juntas ao fim da história. Te perder me deu liberdade para entender que nem todo caso é um conto de fadas e que nem toda vez que meu coração balança é amor. Sim, é claro, não tenho como negar que você foi o primeiro, mas nem todas que chegaram depois de você mexeriam tanto comigo, porque você tinha me ensinado que nem sempre a gente tem que insistir. Ponto.

Entendo, é claro que entendo, era um comportamento inato e não conseguimos resistir, porque fomos criadas assim, com o coração pronto para explodir de tanta vontade, por querer tudo, muito, tudo sempre para ontem. Lembra? Lembra da nossa pressa, dos beijos que trocávamos sem conseguir respirar? Lembra das nossas conversas, das nossas discussões? Dos suspiros que escondíamos e plantávamos, clandestinos, nas frases uma da outra, no desejo, incontrolável, de nos virarmos do avesso para podermos invadir mais, entender, cheirar, lamber, consumir?

O importante é: como chegamos aqui? Como consegui te exprimir, palavra a palavra, em todas essas páginas? É claro que as letras das canções ajudam, mas como consegui te conjurar se o tempo se encarregou de apagar teu rosto da minha memória? Como pude reproduzir, entre estas linhas, até mesmo teus gemidos, sendo que mal me lembro do que comi ontem?

Talvez eu saiba, mas não queira dizer. Assim, como eu havia prometido a mim mesma que te contaria tudo, me forço a confessar os segredos que escondo embaixo da cama e dentro dos armários, entre folhas de caderno e atrás de cofres chumbados na parede, dentro das frestas mais discretas e dos espaços mais espetaculares, e em todos os lugares que mãos estranhas jamais poderão tocar. É claro que me faço de forte e finjo que te enterrei quando foi o momento certo, mas escrevi aquelas páginas ainda com ranço, sem conseguir acessar os refúgios mágicos que guardam as partes boas de tudo que vivemos. Para mim, dentro de mim, nas paragens mansas onde permiti que você pousasse e permanecesse, guardo o relicário que criei com os momentos que me emocionaram: os olhares ternos que me derreteram, as palavras que pairaram como pássaros na brisa da praia, os toques que me desassossegaram e me encheram de gozo, os gemidos e os orgasmos, as mãos dadas, a pele macia, um cacho de teu cabelo e um sussurro cheio do teu cheiro, mas paro por aí, porque depois veio a desgraça, e disso nada preciso, pois não desejo criar um diorama do nosso terror só para estragar os talismãs eternos que nunca deixarão de existir em mim.

Sabe de uma coisa? Não é que eu te desculpe ou deseje tentar novamente, mas, você sabe, você conhece minha curiosidade, e o final do nosso caso, para mim, sempre foi um mistério. Assim, ainda me pergunto o ponto exato onde demos errado, o momento em que nossas mãos deixaram de se buscar. Atenta, vasculho o vazio que sobrou no ponto de onde te extirpei e encontro o entendimento silencioso que nunca tivemos, porque nossos seres eram pouco pacíficos para compreender que, entre duas pessoas, o que vale, muitas vezes, é o que não se diz, é o acordo tácito de companheirismo, de aceitação. Pode ser. Será?

Mas agora é tarde. Perdemos a chance de ser qualquer coisa, pois levamos nosso relacionamento até onde ele podia chegar, é isso. Como tanta gente da minha idade, da tua, nós nos deixamos levar pela pressa e nos consumimos rápido demais — eu, você,

você que me lê —, buracos negros vorazes, engolidores de toda a matéria no universo.

Mas não terminei.

Antes de me despedir, finalmente, de teu fantasma, quero que você saiba, que tenha certeza de que o que vivemos não foi nada do que pintei nestas páginas. Na verdade, nossa história foi besta e banal, previsível até: menina conhece menina e nada dá certo porque uma delas é covarde e não quer assumir seu amor devido a convenções sociais e religiosas — parece até sinopse de filme romântico da Netflix, não é? O problema, na realidade, é que minha imaginação não se aguenta e alça voo para dimensões paralelas, destinos alternativos, mundos mitológicos que possam mudar a realidade insossa desse mundo tão violento. Não digo isso para te agredir ou para fazer com que você, leitor, me veja como uma mentirosa, mas o fato é que meu coração se parte a todo momento, então não há *kintsugi* que resolva. Sinceramente? Não tenho como me manter isenta, isolada, protegida da avalanche de tristeza que me chega por tantas telas, então tento, em meus refrões e nestas páginas, colocar um pouco de cor no filme preto e branco a que assisto diariamente ao ver minhas expectativas frustradas. Não me entenda mal, não é que eu esteja deprimida ou que tudo tenha dado errado, é apenas uma questão de aceitar que a vida é uma repetição de fracassos e que nós, humanos, somos todos membros do clube dos sonhadores frustrados.

ASSINE NOSSA NEWSLETTER E RECEBA
INFORMAÇÕES DE TODOS OS LANÇAMENTOS

www.faroeditorial.com.br

CAMPANHA

Há um grande número de pessoas vivendo com HIV e hepatites virais que não se trata. Gratuito e sigiloso, fazer o teste de HIV e hepatite é mais rápido do que ler um livro.

FAÇA O TESTE. NÃO FIQUE NA DÚVIDA!

ESTA OBRA FOI IMPRESSA EM FEVEREIRO DE 2022